講談社文庫

宮辻薬東宮

宮部みゆき、辻村深月、
薬丸岳、東山彰良、宮内悠介

講談社

宮辻薬東宮

人・で・なし

宮部みゆき

給料日後の最初の金曜日、午後八時半を回っている。当然のことながら〈だるま〉は満員だったのに、五分も待たずに入ることができた。奥の二人掛けのボックス席だ。

「ツイてましたね」

上着を脱いで座りながら、僕は先輩に言った。

「でも、店員さんには悪いことしちゃったなあ」

僕たちの前には、既にきこしめしていてご機嫌の年配サラリーマンの四人連れと、やたら騒々しい学生ふうの男女六人組が待っていた。藍《あい》染めの作務衣《さむえ》に豆絞《まめしぼ》りの鉢巻きをした店員が、二人掛けのお席が空いたので、三番目にお待ちのお二人様をお先にお通ししてよろしいでしょうかと言いに来たとき、年配者の四人連れはどうぞと快く承知してくれたのに、この若者六人組は、そんなのおかしいとぶうぶう騒いだ。「食ベログに苦情を書き込んでやる」だの「おまえなんかじゃ話にならないから店長を出せ」だのと、店員の顔に唾をかけそうな勢いで言い募り、挙げ句に「もういいよ！」と吐き捨てて、道の反対側へどやどや渡って行った。女性の一人が囃《はや》すように、「し～んじらんな～い」と甲高《かんだか》い声をあげていた。僕と同年代のひょろっとした店員は、彼らが遠ざかるまで、あいすみませんと頭を下げ続けていた。

「みんな辛《つら》いよな」と、先輩は言った。「働いて給料をもらうってのは、生やさしいことじゃないいんだよ」

疲れた顔でおしぼりを使っている。先輩が消耗しているのは、仕事のせいではなく、今日の僕たちも生やさしくはない目に遭ってきたからだ。

「その台詞《せりふ》、栗田君《くりた》に聞かせてやりたかったですね」

先輩は糸のように細い目をへの字にして笑った。「そんなことを言ってたら、まだ帰れなかったぞ」

「そうですね」

さっきの店員がオーダーを取りに来た。こっちが何か言う前に、

「先ほどはすみませんでした」と、僕らにもぺこりとする。

「とんでもない。そちらこそ大変でしたね」

彼はにっこりしただけで、「お飲み物は何にいたしましょう」

生ビールの中ジョッキに、料理も何品か注文した。僕も先輩も常連だから、迷ったりしない。〈だるま〉はチェーン店並みの料金で、チェーン店ではけっして出てこない手作りの味を供してくれる。

「冷やしトマトとほうれん草の白和《しらあ》えと、今日はバクダン、ありますか」

「ございます」

「刺身は？」

「シマアジのいいのが入っています」

壁の黒板に書かれた〈本日のお勧め〉を眺めていた先輩が、細い目をぱちぱちさせながら、「鯛《たい》の兜煮《かぶとに》をください」と言った。

「少しお時間をいただきますが」

「いいですよ。あと焼酎をボトルで。〈青海波《せいがいは》〉ね。ロックで、レモンはクシ切り」

ほうれん草の白和えは先輩の好物で、焼酎に入れるレモンはスライスではなくクシ切りでないと嫌だというのは僕の好みだ。

店員が去ると、僕は言った。「兜煮なんて珍しいですね」

「今日はお祝いだから、いいだろ」

う。

驚いた。「お祝い——なんですか」

「うん。正直、栗田君が辞めてくれてホッとしたからさ」

ここへ来て初めて漏らした、先輩の本音だ。「僕も同じです」

突き出しと中ジョッキが来たから、乾杯した。ご苦労様、お疲れさまですと言い合

栗田君は、僕たちのいる営業管理部総合データ管理課の、入社三年目の若手社員だ。いや、だった。小一時間前に、僕たちにとっては直属のトップである広域営業局の局長が、彼の退職願を受理したからである。

先輩と僕は、その場で、栗田君が局長に延々と彼の言い分を述べるのを聞いていた。先輩が率いる東日本担当のグループ内で、いかに先輩のパワー・ハラスメントがひどかったか、いかに自分が冷遇されていたか、グループ内いじめがどれほどひどいものだったか、口の端に唾の泡を溜め、据わった目をして、栗田君はしゃべり続けていた。そのしゃべりはときどき、脱線するというよりは迷路に入り込むようにして、彼が本当はこんなちっぽけな加工食品メーカーなんかにいるような人間ではないこと、有能で優秀だから無能な人間のやっかみを買うのだということを主張する演説になった。

局長は辛抱強く耳を傾けていた。やがて栗田君の語りが酔っ払いの繰り言のように同じ言い分のループになっても、それが二周するまでは聞き続けていて、三周目に入ったところでストップをかけた。話はよくわかった、退職願を受け取ります、と。あとはもう事務処理の打ち合わせで、栗田君が残っている有給を消化し、数日前に提出した心療内科の医師の診断書に〈二週間の静養・加療を要す〉と記されていたのを勘案すると、退職日までもう出勤しなくてよろしいということまでまとめると、二年五ヵ月の短い縁だったが当社に奉職してくれてありがとう、今後の君の活躍を祈りますと握手して、栗田君を帰してしまった。

それだけだった。先輩にも、日々の業務で彼の指導役を務めていた僕にもお咎《とが》めはなかったし、事情聴取もなかった。

「何でかねえ」

こめかみを指でほりほり掻きながら、局長は独り言のように呟《つぶや》いた。

「手間暇かけて採用試験をやってるのに、たまにああいうババをつかむ」

そのひと言で、栗田君にまつわる様々な悪い噂——新人研修のころから周囲とぎくしゃくしていたこと、僕らの部署に来るまで、どこへ行っても数ヵ月しか保《も》たなかったこと、誰に対しても不作法だった彼が、とりわけ女性社員への差別発言がひどかったこと等々が、ただの陰口ではないのだとわかった。

でもなあ、と局長は苦笑した。

「あの手の人間でも、辞めてしまえばうちのお客様になるわけだからな。穏便にお引き取り願わないと厄介《やっかい》だ」

僕が一足先に自分の机へ戻り、中途になっていた仕事を片付けていると、先輩が戻ってきた。

「当面、人員補充はないそうだ」

そして嬉しそうに笑った。

「今日のこれは残業扱いにできないからって、局長がポケットマネーから軍資金をくれたよ。〈だるま〉へ行こう」

で、僕らはこうしているのだ。軍資金をもらったから今夜は豪遊しようなんて考えないところが、先輩らしい。

注文した料理が来て、僕がバクダンにソースをたっぷりかけていると、先輩が僕の肩越しに笑顔で会釈《えしやく》した。後ろのボックス席に、あの四人組の年配サラリーマンたちが座るところだった。

「お先にすみませんでした」

「いやいや、お気になさらず」

銀髪の人が言った。

「私ら、二軒目でね。ここであとちょっと飲んで、稲庭《いなにわ》うどんで締《し》めに来たの」

禿頭《とくとう》にメガネをかけた人が言う。

「おたくさんたち、ここの稲庭うどん食べたことありますか」

「いえ、僕らはいつも鶏そぼろ飯なんです」

「ああ、あれも旨いよねえ」

一人だけループタイの人が言う。

「でも稲庭うどんも格別だよ。もう、絹みたいにつるつる」

「それだけじゃないよ、つゆがいいんだ、つゆが」

いちばん酔っ払っているらしい恰幅《かっぷく》のいい人が言って、四人は楽しそうにメニューを広げた。黒板を見上げて、お、今日は合鴨《あいがも》のつくねがあるなんて言っている。あとちょっと飲む、ではなさそうだ。

僕は声をひそめた。「同じ会社の人たちでしょうか」

「同期会のノリみたいだね」

焼酎と氷が来たので、僕はロックを作った。

「伊藤《いとう》君は、さ」

グラスに口をつけてから、先輩は言った。

「栗田君に職場を荒らされても、いつも冷静だったよね。辛抱強くて、一度だってキレなかった。おかげで助かったよ」

「冷静だったのは先輩の方ですよ」

「でも、彼が田岡《たおか》さんを泣かせちゃったときは、本気でぶん殴ってやろうと思った」

三ヵ月ほど前のことだ。田岡さんは僕の四期上の女性社員で、第一子出産のための産休に入る直前だった。総合データ管理課はその名称どおり、データ相手の地味な根仕事だけれど、残業や休日出勤がほとんどないので、出産・育児世代の女性社員がよく配属されてくる。男性社員は、僕のように経験値を積むために営業や広告畑から期間限定で送り込まれる場合と、先輩のように大学でミクロ経済分析や統計学を学んだその道の専門家が腰を据える場合に分かれるけれど、栗田君のようなトラブルメーカーのほとぼりを冷ますためのベンチになってしまうこともある。

厳しい就活をくぐり抜けて総合職で就職し、国際営業部でばりばりやった経験もある田岡さんは、栗田君よりはるかに人間が練れていたし、強靱《きょうじん》だった。それでも、初めての出産の前で気持ちが不安定になっていて、身体的にもかなりしんどくなっているときに、よくあることではあったが栗田君がいい加減なレポートを出してきたので、一瞬、カッときたのだろう。

――もっときちんと仕事をしなさい。

きわめてまっとうな忠告で、別に先輩風を吹かせたわけではない。なのに、栗田君は顔色を変えた。

――おまえみたいに、これから一年ものうのうと無料飯《ただめし》喰らいしようって女に言われたくない！

産休をそんなふうに言うことは、ど真ん中のマタニティ・ハラスメントだ。

――どうせまともな赤ん坊が生まれてくるわけないのに、何をたいそうにでっかい腹を抱えてるんだよ。

田岡さんは言葉を失い、真っ青になって泣き出してしまった。先輩がデスクを離れて飛んできて、彼女を背中にかばった。

――栗田君、何ということを言うんだ。今の発言を撤回して謝罪しなさい。

栗田君は鼻先でせせら笑った。

――あんたも同類の無料飯喰らいだもんな。

確かにあのとき、先輩は彼を殴りそうになった。でも、僕や他の同僚たちが割って入って止める前に、かろうじて自制して、言った。

——自分の役割に責任を持ち、まわりの人たちの働きを尊重することができないのなら、君には出ていってもらうしかない。念のために言うけれど、うちに配属されたのは、君にとってラストチャンスだったんだよ。

ちなみに、局長に対しては、先輩のこの発言がパワハラで、この騒動全体が職場いじめだと、栗田君は主張していた。

その後、田岡さんは無事に出産した。元気な女の子だった。彼女が僕に赤ちゃんの写真をメールしてくれたので、みんなに見せた。もちろん、栗田君は除いて。彼に言わせれば、それも僕が彼をつまはじきにしたいじめ行為だったそうだ。

「局長のおっしゃるとおりでさ」

刺身をつまみながら、先輩が言った。

「彼みたいな人間が、筆記試験はともかく、なぜ採用面接を通っちゃったんだろうねえ」

まったく同感だ。そして、栗田君は今後どうするのだろうと、僕は思った。ああいう本性を隠して、またどこか別の企業に入り込み、周囲の人びとを傷つけるのだろうか。

「俺は今まで人間関係に恵まれてきたんだよね。だからああいう、はっきり言って――」

先輩は言い淀《よど》む。僕は代弁した。

「人でなし野郎ですか」

「ずばり言うねえ」

「でも、ホントですから」

うん、と先輩はうなずいた。

「あの手の人間には、この歳になっても免疫《めんえき》がなくてさ。辛かった」

「僕も遭遇したのは初めてですよ。さっきの学生グループみたいに、ある場面でプチ人でなし的ふるまいをするんじゃなくて、オールウェイズのタイプは」

先輩は笑った。「それにしては、君は肝が据わってたよ。クレーム担当が長かったんだっけ？」

「コールセンターにいたのは二年ぐらいです。新人のうちでしたから、特A級の難ケースは処理しませんでしたし」

ただ、その、僕は――と言いかけて、いったん口をつぐんだ。

今ごろになって、こんな形であの体験を思い出すとは。いわんや、誰かに語りたくなるなんて。

先輩は、先を促すような顔をして僕を見ている。僕もその目を見返して、腹を決めた。

今ごろだからこそ語っていいのかもしれないし、この場にふさわしい話であるような気もした。

「実は僕、昔、かなり変な経験をしたことがあるんですよ」

「伊藤君の〈昔〉っていうのなら、まだ子供のころのことだろ?」

「はい。中学一年生でした」

言って、焼酎のロックをぐいと飲み、どう切り出せばいいか考えた。

「人でなしはね、もちろん面倒だしうんざりしますけど、人ですよね」

先輩は「ん?」と曖昧な声を出した。

「だってホラ、〈人・で・なし〉と否定しなくちゃならないのは、基本的には〈人〉だからでしょう」

「ああ、そういう意味ね」

「はい。でも、最初から〈人〉ではないものに遭遇しちゃって、それが厄介なものだった場合は、もう手に負えません。人は――最悪の場合――あくまでも最悪の場合ですよ」

「うん、うん」

「殺せば死ぬでしょう。命があるから。要するに退治できます」

「じゃ、伊藤君が遭遇しちゃったのは、最初からそういう――命のあるものじゃないもの、、、、、、、、、、だったんだ」

先輩は真顔になった。

「幽霊とか？」

「そういう類《たぐ》いじゃありません。うん、たぶん違います」

自分で自分に確認しながら、僕はうなずく。あのころ、両親や姉と話し合ったこと。自分の目で見たことや、考えたこと。

「酒が不味《まず》くなるような話ですけど、本当にしゃべっていいですか」

「これで聞かずに帰ったら、眠れないよ」

後ろの四人連れが、店員を呼んでオーダーしている。あの人たちの幸せな酔っ払い顔が見えているうちに話し終えてしまいたいな、と思った。

「じゃあ手短にお話しします。ただ、この一件があった場所って、当たり前ですけど今でもちゃんと町があって住民がいるので――」

先輩はわかりが早かった。「それなら、頭文字でどう?」

「すみません。じゃ、S町ってことで」

十五年前、僕の両親がそのS町の一角にマイホームを買ったことから、話は始まる。

僕のうちは、両親と三つ年上の姉の律子《りつこ》の四人家族だ。父は中堅どころの印刷会社に勤めており、母はときどきパートで働くことはあっても、基本的には専業主婦だった。

父も母も関東近県の出身だけれど、二人とも末っ子なので、いつか故郷に帰ってどちらかの親と同居するとか、こちらに親を呼び寄せるとかいう可能性はほとんどなく、他人と張り合うよりマイペースで生きたいタイプの夫婦だったので、マイホームどころかマイカーにさえこだわったことがなかった。僕が小学校低学年のころは社宅暮らしで、それなりに気骨《きぼね》が折れたろうと思うのに、人間関係のことで母がこぼすのを耳にしたことはない。会社の方針で社宅がなくなると賃貸マンション暮らしになったのだが、その物件を選ぶときも、両親が気にしたのは姉と僕の学校のことと、近所にちゃんとした病院があるかということだけだった。

そんな両親が、「我が家を建てよう」と思いついた理由はたったひとつ。母が宝くじをあてたからだ。

何億円もあてたわけではない。一千万円だ。でも、僕もサラリーマンとなった今では、当時よりもいっそう切実に、その金額の大きさが身に染みてよくわかる。

母は宝くじマニアなんぞではなく、何か用事があって都心へ出て行ったついでに、たった一枚買っただけだった。六月の梅雨空のころで、だから年末ジャンボでもサマージャンボでもない。

当時は高校一年生になったばかりだったが、既にして、ある意味では母よりもしっかり者になっていた姉が、そのときの事情を聞き出してみると、母はこんなふうに言った。

「朝刊の星占い欄に、〈今日はラッキーデイです。宝くじを買いましょう〉って書いてあったのよ」

ちなみに母は蟹《かに》座だ。

「駅の近くに、特等や一等の当たりくじがよく出ますって張り紙がしてある売り場があったし」

その夜、父の帰宅を待って家族会議をした。父は「ビギナーズラックだ」と大喜び

したけれども、姉は一人で険しい顔をして、

「お母さん、このこと誰かに話した？」

「ううん、誰にも」

夕刊に載っていた当選番号を見ても、目の迷いじゃないかと心許なかったから、みんなが帰ってくるのを待っていたのだという。

「そんならよかった。これからも、絶対に絶対に誰にも言っちゃダメよ。お父さんも、会社でしゃべっちゃダメよ。おじいちゃんおばあちゃんにも、おじさんおばさんたちにも秘密にしとかないと」

父にも、（母ほどではないが）のんびり屋のところがあったのだけれど、それでもサラリーマン社会で揉《も》まれている人ではあり、「どうしてだ？」なんて問い返したりはしなかった。

「そうだな。うっかり漏れたら、揉め事のタネになる」

姉は僕にもがんがん釘を刺した。いいわね、あんたも口にチャックして、そのチャックに鍵をかけなさい。いえ、いっそ忘れなさい。記憶喪失になりなさい。

わかったわかったと承知して、僕は、もっとも気になることを訊いた。

「一千万円、何に使うの？」

両親は顔を見合わせ、すぐに母が言った。

「あんたたちの進学資金に貯金しとく」

父は一瞬、ぎくしゃくとためらったけれど、すぐに「そうだな」と応じた。

僕は今でも、このときの光景を思い出すと可笑《おか》しくてたまらなくなる。そして我が姉のことながら、（いいヤツだなあ）と思う。

姉は顔をくしゃくしゃにして、こう言ったのだ。

「お母さんたら、ダイヤの指輪がほしいぐらいのこと言いなさいよ」

そして父には嚙みついた。

「お父さんも、それぐらいのこと言ってあげなさいよ！」

姉が半べそをかいたので、母はびっくりしたらしい。

「ダイヤの指輪なら持ってるのよ。婚約指輪」

そうそう、と父がうなずく。

「小さいけど質のいい石なの。いつか律子にあげる」

姉は半べそをかきながら吹き出してしまい、父も笑って言った。

「じゃ、ハワイに行くか」

前の年の夏休みに家族でグアムへ行ったとき、姉が、「グアムってハワイのイミテーションって感じだよね」と言ったことを、父は覚えていたのだろう。

「ダメ。そんなの無駄遣いだよ」

姉はきっぱり言って、もっとちゃんとした使い道を考えるべきだと主張した。

「ちゃんとした使い道ねえ」

このとき父が、隣にいた僕にだけ聞こえるくらいの小声で、「とりあえずお父さんのスーツを新調するとか」と呟いた。僕は聞こえなかったふりをした。

すると、母がぱっと顔を明るくした。

「そうね、じゃあ半分は貯金して、半分の五百万円を頭金にしようか」

僕ら三人は、ほぼ同時に「へ？」と言った。

母は満面に笑みを浮かべていた。

「家を買うのよ」


ロックグラスに氷を落としながら、先輩も笑っている。

「いいご両親だねえ」

僕はすみませんと言って、お代わりを受け取った。

「お姉さんもいいねえ。大学時代に知り合ってたら、俺、一発で惚《ほ》れちゃったな」

「めちゃめちゃ気ぃ強いですよ」

姉は一昨年の春に結婚し、今は旦那の転勤でシアトルにいる。学生時代は英語が苦手だったのに、義兄のシアトル赴任が決まると、英会話教室の短期集中講座に通い、ブロークンながらも日常会話には不自由しないくらいになって、一緒に行った。つい最近、義兄のアメリカ人の同僚に「あなたは英語が上手だが、どこで勉強したのか」と問われて、「駅前です」と答えたそうだ。

「うちでは、それまでマイホームのマの字も話題になったことがなかったので、姉も僕もびっくりしたんです。母の方は僕らがびっくりしていることにびっくりしてたなあ」

――マイホーム、欲しくない？

「父はローンを背負うことになるから、慎重でしたし」

――お父さんは、たぶん支払っていける。大丈夫だと思う。

「それで、一戸建てにするかマンションにするか、新築にするか中古でリフォームに凝るか、場所はどのへんにするか、話し合うことが山ほどできて」

先輩は苦笑した。「俺の兄貴のところが、今それで揉めてる。嫁さんは都心のマンションがいい。兄貴は郊外の庭付き一戸建てがいい。大型犬を飼いたいんだってさ」

「うちの父も、犬が飼えたらいいなあとは言ってました。母も、ちょっと家庭菜園をやってみたいような気がする、とか」

「それで一戸建てに決めたの？」

「はい。住宅情報誌と首っ引きになって、休日というとあっちこっち見に行って、手頃な建売住宅を探し始めたんです。姉と僕は、ほとんど両親に任せっぱなしでしたけど」

「豪華な注文住宅を建ててくれって、ねだらなかったの？」

「まさか。下手に豪邸なんか建てたら、すぐ親戚中から怪しまれちゃいますから」

現実主義者の姉が出した注文はひとつだけ。

――お父さんとあたしの通勤通学の便を考えてね。それに良太《りょうた》だって、できれば転校しないで済む方がいいんじゃないの？

「僕の方は、別に転校したってかまわなかったんですけど」

両親ともに心が動き、ここならいいという物件が見つかったのは、その年の十一月も半ばを過ぎたころだ。それが、S町の〈あすみニュータウン第三期分譲〉五棟のうちの、ラストワンだった。

S町は、東京近郊でも戦後の早いうちから宅地開発が始まった地域で、まったくの新興住宅地ではない。ただ、あすみニュータウンの十五棟の建売住宅が建ち並んでいるあたりは、地元の旧家でもあった大地主の農地の一部で、この旧家がずっと近郊農業で潤《うるお》ってきたから、宅地化されずにぽっかりと残っていたのだという。

「でも、今の当主の方のお孫さんが、ＩＴバブルでかなりやられましてねえ。その穴を埋めるために、とうとうここらを売りに出したんです」

不動産販売会社の営業マンは、とても気の毒に思わなければいけないのだがそのおかげでうちはここを開発できたんでホクホクなんですよ――という笑顔で、そう説明した。

「ですからこの土地は、由緒正しい農地です。地歴には染みひとつありません。S町は江戸時代には天領だったところで、歴史のある町ですしね」

ちなみにこれは営業用の作り話ではなく、S町は本当に天領だったのだけれど、僕が転校して通い始めた中学校の社会科の先生によると、江戸幕府直轄の知行地《ちぎょうち》である天領は、もともと豊かだし管理がしっかりしているので、揉め事がない。開幕から幕末までずうっと平和で安定していたので、「皮肉なようだけど、歴史的なエピソードが全然ないんだよねえ」。郷土史の研究家にとっては歯ごたえのない町なのだそうだ。

へえ、そうですか——と聞き流していたこんな話が、のちのち（一時的にではあるけれど）僕たち一家にとって切実な情報になることを、そのころはまだ知る由《よし》もなかった。

大掃除の手間も省けるというので、僕らが冬休みに入ってから、その年の十二月二十七日に引っ越しをした。あすみニュータウンは、S町のなかでは西側の端に位置していて、電車で行くとわからないが、車で国道から市道へと走ってゆくと、なるほどこのニュータウンの部分だけ、S町の本体とは少し雰囲気が違うことがわかった。規模はうんと小さいけれど、長崎《ながさき》の町と出島《でじま》の関係みたいな感じだ。ただ、S町の本体とあすみニュータウンを隔《へだ》てているのは海や川ではなく、日本中どこにでもありそうな雑木林だ。ニュータウンの先にはだだっぴろいゴルフ練習場があって、ウスバカゲロウの羽のような色合いの巨大なネットが空を切り取り、それもまた一種の結界のように、十五棟の新しい住宅を外界から隔てているように見えた。

父と姉は、通勤通学時間がそれまでより二十分ほど長くなったけれど、面倒な乗り換えがなくなった。最寄りの私鉄線の駅までは路線バスが通っているが、本数が少ない。コンビニは近く、スーパーはちょっと遠い。結局、我が家はマイホームと一緒にマイカーも購入した。玩具みたいな軽自動車で、母が毎朝、父と姉を駅まで送る。僕の転校先の中学校は、徒歩で通学できるところにあった。

引っ越しが済み、家のなかを片付けながら、真っ先にしなければならなかったのは、年賀状作りだ。転居の挨拶状を兼ねているので、きちんと出さなくてはならない。前の家にいるうちに文面とレイアウトを作っておいて、新居の前で撮った家族写真を入れ込むつもりでいたら、何がいけなかったのかパソコンのそのデータが壊れてしまい、一から作り直しになったので、我が家の年賀状担当の父は大いに慌てた。

「とにかく、写真だけでも撮りましょうよ」

母に宥《なだ》められ、外出着ではないがジャージでもないというくらいの普段着に着替えて、父のデジカメのタイマー機能を使って撮った。もうちょっと笑顔でとか、お母さん、シャッターに合わせてまばたきしちゃダメだとかごちゃごちゃやって、やっと終わった。母は台所の、姉と僕は二階の自分の部屋の片付けに戻った。

しばらくして、僕がつぶした段ボール箱をビニール紐で縛っていると、父が二階に上がってきた。

「良太、ちょっとこれ、見てくれ」

年賀状サイズのペーパーを差し出してくる。テストプリントだ。

「どうかしたの」

「変なんだ」

どう変なのかは、見てすぐわかった。僕たち家族四人はちゃんと写っている。歯磨きのコマーシャルみたいに歯並びを見せて笑っている父。まばたきしないように意識して目を瞠《みは》っているので、眼底検査を受けているみたいに見える母。姉のツンとしたすまし顔。眠そうな僕。

が、家が見えない。

まったく見えないわけではない。ただ、セピア色に退色して消えかかっている古い写真のように、僕らの背景にある家の玄関部分の写りだけが、極端に薄いのだ。

僕は言った。「プリンターがおかしいんじゃないの」

これは撮影ミスではなく、印刷ミスだと思ったのだ。だって、撮影したその場でモニターを覗《のぞ》いたときには、何もおかしな点はなかったのだから。

父はうなずく。「お父さんもそう思ったから、いろいろやってみたんだよ。インクヘッドの掃除とか、紙も取り替えてみたし」

「なぁに？」と、ドアから姉が首を出した。父と僕はテストプリントを見せ、説明した。

「デジカメが壊れてンじゃない？」と、姉は言った。「あれ、もう古いでしょう。お父さんが無料でもらってきたヤツだし」

聞こえが悪いなあと、父はぼやいた。「忘年会のビンゴであてたんだよ。そんなに古くもないし。五、六年しか使ってない」

「デジタル機器は、一年もすりゃ古くなっちゃうのよ」

それは、早いサイクルで新製品が売り出されるという意味であって、買ったものが急速に老朽化するということではない。

「さっき、いっぱい撮ったでしょ。画像データを替えてプリントしてみたら？」

「それもやってみたんだけど、みんな同じようになっちゃうんだよ」

「ウソぉ」

「本当だって。律子もやってみてくれよ」

しょうがないなあと言いながら姉は父と階下に降りてゆき、それと入れ替わるように僕は母に呼ばれた。買い出しに行くから荷物持ちについてきて。

食料品から生活雑貨まで、山ほど買い込んで帰ってきたら、事態は深刻化していた。広いリビングの一角に設けたパソコンスペースの床を埋め尽くすようにプリントアウトが散らばり、父はデスクにかじりついており、姉は床にあぐらをかいて、憮然《ぶぜん》とした顔で腕組みをしている。

「どしたの?」

母がすっとんきょうな声を出して問いかけると、二人はほとんど同時に答えた。

「うちが写らない」

「変なものが写るの」

状況を整理すると、こうだった。紙を取り替えても、データを替えても、僕らのマイホーム記念写真はみんなさっきと同じようになってしまう。ところが、デジカメに保存してあった以前のデータ(グアム旅行のときのも残っていた)は、何の異常もなくプリントできるのだ。今朝、引っ越しトラックに荷物をすべて運び込み、がらんどうになった3LDKのマンションで出発直前に撮ったお別れ記念写真も、僕らの背景の壁の、家具をどけた跡までちゃんと見える。

「それで、律子に外へ出てもらってさ、お向かいの家の駐車場をバックに撮ってみたんだよ」

それがこれ——と見せられた数枚のプリントのなかで、姉は大真面目な顔で両手を広げたり、腰に手をあてて身体を傾《かし》げたりしている。バカっぽいその仕草は、背景も含めてくっきりプリントされている。

ということは、デジカメもプリンターも壊れてはいないのだ。

「で、こっちを見て」

姉がまわりに散らばったプリントをかき集め、僕の鼻先に突きつけた。

「家のなかを撮ってみたの」

「どうだった？」

「いいから見てみて」

僕はプリントを手にし、母が肩越しにのぞき込んできた。

新居のなかの様子が、ちゃんとプリントされている。真新しい壁紙。新しく買い換えたソファ。古いコーヒーテーブルやダイニングセット。父のお気に入りのバケツ形のシェードがついたスタンド。まだカーテンを吊ってない窓から差し込む冬の日差しが、ぴかぴかのフローリングに反射している。

だが、どのプリントにも一様におかしな部分がある。玄関前の記念写真と同じように色が抜けたようになっていたり、プリントのど真ん中だけ手ぶれしたように映像が揺れていたり、テーブルの脚が途中で消えていたりするのだ。

次の一枚は、階段の下から二階を仰ぐように撮ったものだ。丸木の手すり。踊り場には、蔦《つた》のような彫刻がほどこされた額縁のついた楕円形《だえんけい》の鏡が掛けてある。

が、やっぱりおかしい。それも今度は、はっきりと指摘できるおかしさだ。

丸木の手すりが、踊り場のあたりでプリントがぼけたようになって、二階へ続く部分からは、黒っぽくて細い金属製の手すりに変わっている。

それに、うちの踊り場の壁にはまだ何も掛けていない。そもそも、我が家にこんな鏡はない。

「これ、何？」と、母も言った。

さらに次のプリント。二階の僕らの部屋と、両親の部屋。姉の部屋の壁紙は、キンモクセイみたいな黄色い小花模様だ。それが、ちょうど腰の高さぐらいからプリントがぼけ始め、大輪の紅色の花をデザインした壁紙に変わっていく。一方、僕の部屋は床の様子がおかしい。ごく普通のフローリングが、部屋の四隅から中心に向かって、白黒のモザイク模様に変わっている。そして両親の部屋では、ふたつ並べたシングルベッドの映像がほとんど消えて、ゴブラン織りの長椅子と、飴色のサイドテーブルがうっすらと浮かび上がっていた。長椅子の脚はいわゆる猫脚というやつだ。一般住宅ではなく、クラシックな内装のホテルに似合いそうな代物《しろもの》。

「デジカメのモニターだと、ちゃんと見えるのよ」と、姉は言った。

撮った映像だけが見える。

「でも、プリントするとそうなっちゃうの」

ありもしない家具が現れる。室内の造作が違って見える。継ぎ接《は》ぎしたようにくっきりと違うのではなく、あたかも映像の下から別の映像がにじみ出てくるかのように。映像そのものが、じんわりと変化している途中であるかのように。

僕はプリントを母に渡した。

「インスタントカメラ、持ってくる」

うちのインスタントカメラは、デジカメを使い始めてからは出番がなかった。どこにあるのかさえ忘れていた。でも、買い物に行く前に開けた段ボール箱のなかに、未使用のフィルムと一緒に入っていたのを発見したばかりで、とりあえず僕の部屋の物入れにしまっておいたのだ。

急いでインスタントカメラを持ち出し、フィルムの封を切った。まだ使えるの？　などと危ぶまれながら、

「姉さん、そこに立って」

上部に吊り戸棚のあるカウンターキッチンの前で、一枚ぱちり。

「父さん、母さん、座って」

両親をソファに並べてさらに一枚ぱちり。そして、父の切なる希望で新たに購入した大画面テレビとオーディオセットの前で、人物は入れずにもう一枚、ぱちり。

「早く、早く」

姉は、インスタントカメラのフィルムを急かすように掌《てのひら》でこすり始めた。僕は両手に一枚ずつ持って、ひらひらさせた。

やがて現れてきた光景は——

吊り戸棚とカウンターキッチンは、半分ぐらいしか見えない。あとの半分は、完全なオープンキッチン、アイランド型とでもいうのだろうか。そういうキッチンになりかけていた。シンクの天板は、この場にある模造大理石のそれではなく、つやつやした銀色で、レストランの厨房《ちゆうぼう》みたいだ。壁も、クロスチェックの防火壁紙から、細かなタイル張りへと変わりかけていた。

映像の真ん中に立っている姉も、この変化に巻き込まれていた。現実のキッチンの光景がぼやけていくのに従って、姉の姿もぼやけている。肩から上が、歪《ゆが》んで薄れて消えかけている。

ソファに座った両親は、上半身がぼけて薄れて見えなくなっていた。真新しいソファはベージュ色の人工皮革の三人掛けのものだが、彫刻のほどこされた木枠に、凝った織物（もしくは刺繍《ししゆう》）のほどこされたカバーを貼った、重々しい作りのものに変わりかけていた。背もたれの両端がくるりと山菜のワラビみたいに巻いている。一般家庭のリビングには全然つり合わない、大げさなデザインだ。

　大画面テレビとオーディオセットに至っては、八割がた薄れて消えていた。そこにあるのは石造りの暖炉――四隅に極楽鳥の頭部みたいな飾りがついた、錬鉄製の火格《ひごう》子《し》までが見えた。写っていた。

「これ、何？」

　母が少し声を高めて言った。姉は、自分の頭部が消えている写真を見つめてぶるりと身震いした。父は啞《あ》然《ぜん》として口を開いていた。

　あるものが写らず、ないものが写る。あるものが写っている光景に、ないものが侵食して写り込む。そういう写真を、一般に何と呼ぶか。

　僕がそれを口にするのを躊躇《ため》らっているうちに、いつも果断な姉が、非難するようにきつい口調で言った。

「まるで、家の心霊写真ね」

　気がついたら鯛の兜煮が運ばれて来ていて、いい匂いがした。先輩は箸もグラスも置いて、まじまじと僕の顔を見ている。

　僕は言った。「作り話じゃないです」

「うん」

先輩は思い出したように焼酎のロックをがぶりと一口飲んだ。氷が溶けて薄くなっている。僕の話に聞き入ってくれていたのだ。

「それで、ご家族の皆さんはどうしたの？」

「どうもこうもないですよ」

焼酎をたっぷり注ぎ足しながら、僕は笑ってみせた。

「家のなかは片付いてないし、ご近所の挨拶回りもまだだったし、ともかくやることをやって、新しい家の生活を始めました」

父は言った——気にするな。バカらしいからもう写真なんか撮るのはやめよう。

「年賀状は？」

「干支《えと》のイラストを入れて出しました」

箸で兜煮をほぐしながら、先輩は眉根を寄せている。

「まあ、そうするしかないもんなあ」

ただ両親は、正月に父方の祖父母や母の姉さん一家が、お年賀ついでにマイホーム購入祝いをしに来る予定になっていたのを、間に合わせの口実をつくって断ってしまった。トイレの調子が悪くて使えないんだ。電気系統の工事が完了してなくて、年越しになっちゃうのよ。

「親戚が来れば、お祝いの記念写真を撮ろうってことになりますからね」

「そうだね。お姉さんはどうしてた？　お父さんに言われたとおり、写真を撮るのはやめちゃったの？」

「いえ、こっそり撮り続けてました」

「そうだろう、そうだろう」

先輩は大きくうなずく。

「だって、お姉さんは鋭いよ。いいところをついてる。家の心霊写真って」

「僕もそう思いました——半分ぐらいは」

あとの半分では、そんなバカなことがあるかと思っていた。自分の肩から上がぐにゃりと歪んで消えている写真を目にする機会がなかったから、姉よりまだ余裕があったのかもしれない。

「だから二人でこそこそ写真を撮って、調べたんです」

「調べた？」

「ですから、あの営業マンの言ってたことは嘘っぱちで、あすみニュータウンのできたこの土地には、やっぱり何か曰《いわ》くや因縁があるんじゃないかって」

人間の心霊写真の場合は、昔そこで誰か死んだり殺されたりしているから、幽霊が写る。

「だから、家の幽霊が写るってことは、僕らが買った建売住宅の前に、少なくとも一軒は別の家が建ってたってことになるわけでしょう？」

家の幽霊――と復唱して、先輩はちょっと笑った。

「家の幻だよね。以前そこに建っていた家の記憶。そこにその家が建っていたことを覚えている人たちの集合的無意識が映像化したもの」

先輩の難解な意見の後半は、後ろの四人連れの「そろそろ稲庭うどんにしよう」「飲み過ぎたねえ」という賑やかなやりとりに紛れてしまった。

「僕ら、手分けしたんです」

地元の中学へ通う僕は、S町とこの土地の来歴を調べる。姉は近所の人たちとお近づきになって、あすみニュータウンの他の家で、うちと同じような現象が起きていないか聞き込みをする。

「おかげで僕は、中一の冬休みなんて半端なタイミングで転校した割には、早く友達ができました」

郷土史家でもある社会科の先生とも親しくなった。

「姉も、三軒先に同年代の女子がいたんで、すっかり仲良しになりましたよ」

が、調査に収穫はなかった。あすみニュータウン内の他の家では、〈家の心霊写真〉なんて限定的なことはもちろん、どんな種類の怪現象も起きている様子がなかった。これについては、うちがニュータウンの自治会に入り、母が役員の一人として活動するようになるとしっかり裏がとれたので、姉の聞き込みに手抜かりがあったわけではない。

「僕の方も空振り続きでした」

あすみニュータウンの地所は、明治時代まで住宅地図を遡《さかのぼ》っても、農地でしかなかった。地歴はそうやって調べるのだと教えてくれたのは、あの社会科の先生だ。

「先生からは、地主さんの家のことも教えてもらえました」

「土地の旧家ね。何かありそうじゃないか」

横溝正史《よこみぞせいし》の映画みたいに、と先輩は言う。

「僕も期待したんですけど、さっぱりだったんです。当主も代々、地元に貢献してきた立派な人たちなんですよ。S町に私鉄線を引っ張ってきたり、総合病院を誘致したり、県道沿いに大型スーパーが進出してくるとき、町の商店街の総菜屋や豆腐屋の商品を仕入れるように運動したり」

意外なことに政治家は一人もおらず、現代音楽に詳しい友達に聞いたら知っていた、そこそこ著名な作曲家を一人世に出していた。

あすみニュータウンに暗い過去はなかった。他の十四棟の家に異変は起きていなかった。

僕の家だけだ。写真を撮ると、この家ではない別の家が写る。家具や備品の類いが写る。テーブルの上に置きっぱなしにしてみかんやバナナを入れておくありふれた籠《かご》の代わりに、色ガラスを組み合わせた重そうな蓋付きの菓子入れが写ったことがある。プリントのカーテンが、いっそ緞帳《どんちょう》と呼んだ方がふさわしそうな織物に変わりかけて写ったこともあった。

「二月の初めだったかな。両親が揃って出かけたので、家の外観を撮ってみたんです」

「どうだった？」

先輩は身を乗り出して来た。

「現実にそこにあるうちの外壁は、ベージュと茶色のサイディングボードを組み合わせたもので、僕はけっこう気に入ってました」

さも建売でございます的な雰囲気を消すためか、あすみニュータウンの十五棟の家には三パターンのデザインがあり、同一デザインの家でも、外壁や屋根の色の組み合わせを少しずつ変えてあった。

「でも写真では、半分以上、違うものが写っていたんです」

「今度は外観も、ただ現実にある家が薄れて写るだけじゃなかったんだ？」

「はい。煉瓦《れんが》造りで、玄関のドアは観音開き。ぼやけててはっきり見えなかったんですけど、たぶん獅子頭のデザインのノッカーがついていて、全体にこう、模様の浮き彫りが」

「ははあ……」

先輩は唸《うな》り、「お屋敷だね」と言った。

当時、僕と姉の意見も、まさにそこで一致をみたのだった。

「ええ。写真に写る幻の家は、現実にある僕らの家より高級な感じがしました。先輩の言うとおりですよ。住宅じゃなくて屋敷、邸宅です」

でも、物事をはっきり言う僕の姉は、こう言い足すことを忘れなかった。

——成金趣味よね。

だいぶ酔いが回ってきたのか、先輩はニヤニヤと笑み崩れた。「だからさぁ、伊藤君のお姉さんのそういうところ、俺はもうたまんないね。好き好き、大好き。もろタイプ」

後ろの四人連れのところに、店員が稲庭うどんを運んで来た。話を急いで僕も飯にしよう。

「でもね、先輩。それがいけなかったのかもしれないんです」

先輩は軽く目を瞠った。「え？」

「姉がはっきり声に出して、幻の家は趣味が悪い、成金ぽい、そう言った——いわば幻に喧嘩《けんか》を売ったのが、きっかけだったように思いますから」

異変が、写真から外に出てきた。僕らの身に降りかかるようになったのだ。


最初は、ノイズだった。

どこか遠くで、チューニングがうまくいってないラジオが鳴っている。そんな感じだ。だからノイズ。

僕は、これが〈耳鳴り〉というものなのかなと思った。なにしろ中学生だから、まだそういう身体的な現象についての知識がなかったし、何だかんだいっても転校は僕にとってある程度のストレスではあったから、きっとそのせいだろう、ぐらいに思っていた。

耳鳴りは「き〜ん」という独特の金属音みたいなものが聞こえるのであって、あれとは全然違うということがわかったのは、僕がそれを感じ始めてから二ヵ月ほど後のこと――五月末のことだった。

そのころにはもう、姉も僕も調査を諦めていた。家の内外で写真を撮ることもやめていた。つまり、ほったらかしだ。インスタントカメラもデジカメもしまいこみ、普通に暮らしていた。写真さえ撮らなければ幻を見ることはないので、実害はない。そう思うことにして片付けていた。

でも、その観測は間違っていた。

夜、九時過ぎのことだった。家の電話が鳴って、受話器を取った母が「え！」と声をあげた。

「お父さんが駅の階段で転んで、救急車で運ばれたんだって」

母と姉と三人で救急病院に駆けつけてみると、父は緊急処置室で手当てを受けていた。

意識はあったし、目も正常に開いていて、僕らの顔を見たら手を上げようとし、看護師さんに「動いちゃいけません」と叱られるぐらいだったから、まずはホッとした。でも父のワイシャツは血だらけだったし、頭部から顎《あご》にかけてがっちりと補助具で固定されているので、ただならない雰囲気が漂っていた。

父は、S町の私鉄駅の階段の中ほどのところから転げ落ち、手すりの土台部分のコンクリートブロックに、頭の右前方部分をぶつけて昏倒したのだった。担当の先生の話では、その部分は頭蓋骨《ずがいこつ》に厚みがあるので運がよかった、骨折はしていない、でも脳震盪《のうしんとう》を起こしているので、一週間ぐらい入院してもらって経過を観察しますとのこと。実際には、父の入院は五日で済んだ。内出血でできた硬膜下血腫《けつしゅ》の散るのが早く、麻痺《まひ》や痺れはなく、鞭打《むちう》ちみたいな首の痛みもすぐ引いて、僕らとも普通に話ができるようになった。

こういう怪我の場合、よく記憶が飛ぶというけれど、父は階段から落ちた前後のことをよく覚えていた。軽く飲んではいたよ。でも足元が危なくなるほど酔っ払ってはいなかった。まわりに人はいなかった。誰かに押されたわけではないし、目眩《めまい》がしたわけでも、足を滑らせたのでもない。ただ、気がついたら転げ落ちていたというのだ。

「だからさ、単なるはずみだよなあ」

バツが悪そうな顔をしていた。

「このごろ、ときどき耳鳴りがしてたんだよ。でも、CT撮ってもらっても異常はなかったから――」

するとと、母がすうっと真顔になった。姉は頬をぴくりとさせた。僕は固まった。

「耳鳴り？」と、母は言った。

「う、うん」

「お父さんも？」と、姉が言った。

「律子もか？」

姉が答える前に、母が言った。「お母さんもよ」

僕は言った。「遠くでラジオが鳴ってるみたいな音？」

三人が僕を見た。姉が言った。「良太もなの？」

父はそれを、「ものを擦り合わせているみたいな音」と表現した。母は「銀紙をくしゃくしゃに丸めるみたいな音」と言った。

姉は、「あたしは良太と同じ。ずうっと遠くの方で、何かが鳴ってるの。でもラジオみたいだとは思わないなあ」

ものを剝《は》がすような音、と言った。

「薄いものをひっかいて、ぴりぴり剝がしてゆくような音よ。もう一ヵ月以上前から」

そして、つと顔を歪めた。

「このごろは、聞こえ始めたころよりも、近くで鳴ってるような気がする」

近づいてきている。確かにそうだと、僕も思いあたった。

母は両手で自分の耳を塞ぐような仕草をしてみせた。

「嫌だわ、みんなして」

「でも事実よ、お母さん」

姉は、いつか床にまき散らしたプリントの上に座り込んでいたときと同じように、険しい顔で腕組みをした。

「あたしたちの家のせいよ」

その場の話はそれきりになったのだけれど、その後、両親は僕らを抜きに相談したのだろう。父がまだ病院にいるうちから、母が素早く行動を起こした。シックハウス症候群かもしれないと言って、まず販売会社の担当者に連絡をとり、その傍《かたわ》ら、地元の工務店を訪ねて調査を依頼したのだ。

「販売会社に頼んだって、正確なことはわからないかもしれないでしょ」

実際、その懸念のとおり、販売会社は何もしてくれなかったから、母は賢明な判断をしたのだった。というか、その段階ではもっとも賢明で常識的に行動しようと、自分を奮い立たせていたのだろう。

姉もまた、仲良しになった近所の女子に手伝ってもらって、あすみニュータウンの他の家で似たような現象が起きていないか聞き込みをした。結果は、「都心から引っ越してきたら、子供の喘息がよくなった」という例が見つかっただけだ。

「家相が悪いのかもしれない」

なんて言い出して、母に叱られたりもした。

「図書館で『現代の家相』って本を読んでみたの。そしたら――」

「律子はもう、そんなことを考えるのはやめなさい。お父さんとお母さんに任せておいて」

母が訪ねた工務店はこぢんまりした町場の店で、その種のスキルがなかったけれど、親切にも専門家を探して紹介してくれた。所長が一級建築士で、住宅の手抜き工事やシックハウス現象の原因調査を請け負っている事務所だ。彼らは、僕が思わずこれは何ですか？　と問いかけたくなるような機材を持ち込んで、家の内外を舐《な》めるように調べ、床下に潜り込み、壁紙や断熱材のサンプルを採って分析し、カーポートの端の方で土壌のボーリング調査をやってくれた。

七月いっぱいまでかかって、結果はシロ。予想していたから、僕は驚かなかった。

姉も同じだったろう。というのは、僕らはまたこっそりと写真を撮り始めていて、その写真のなかで変化が強まっていることを知っていたからだ。

僕らの家は、もうほとんど写真に写らなくなっていた。幻の方が幅をきかせている。絨毯《じゅうたん》やカーテンの柄がくっきりと浮き上がり、ソファの木枠のワラビみたいな装飾が、実は小さな蛇がとぐろを巻いている彫刻であることまで見てとれるようになっていた。

家の調査と並行して、僕らは健康診断も受けた。そちらも異常はなかった。CTでもレントゲンでも、血液検査でも何もわからなかった。僕らは誰も病気ではなかった。でもこのころ、父は頸部《けいぶ》の鈍痛に悩まされるようになり、母はしばしば「目がチカチカしてくらくらする」と訴え、姉は睡眠中に、壁越しにも聞こえるくらいに激しく咳き込むことがあり、そして僕はといえば、

「ねえ、ねえってば、起きてよ」

夜中に揺り起こされ、目を覚ますと冷汗をびっしょりかいていて、上からのぞき込んでいる姉が怯《おび》えていることがあった。

「良太、すごくうなされてた」

ノイズは、基本的には止まらなかった。ただ、調査事務所の人が来ると、ぴたりと

鳴りをひそめた。

　シックハウス症候群ではないという結論が出ると、果断に行動した反動が来たのか、母はがっくりと萎《しお》れてしまった。朝起きられなくなり、その夏の猛暑でさらに弱ったまま回復できずに、秋が深まるころには、一週間のうちの半分ぐらいは、一日じゅう寝ているようになった。

　そして写真に写る幻は、僕らから生命力を吸い取っているかのように、日々鮮明になっていった。


　ボックス席の四人連れが、「お先にね」と店を出て行った。入口にはまだ待っている客がおり、店員が急いで片付けを始める。

「――笑い事じゃないな」

　先輩の表情は、真顔を通り越して強張《こわば》っている。

「すみません」

「謝るようなことじゃないよ。というか、嫌なことを思い出させてしまって、ごめん」

　先輩と僕のあいだにはめったに落ちない沈黙が落ちてきた。

「母の体調はそんなふうでしたけど」

僕がまた口を切ると、先輩は無言のままうなずいた。

「秋になると、姉の咳はおさまったんです。いったんは、うちのなかでは姉だけが元気って感じになって。だから両親も僕も、出口が見えてきたのかなって思ったんですが」

十一月に入って、にわかに姉の視力が落ちてきた。

「眼科で検査してもらったら、近視だっていうんです。何かの疾病《しっぺい》じゃない。近視が進んでいるだけだって」

それまで姉は、むしろ遠視の気があるくらい視力がよかったのに。

「慣れないメガネをかけて、うちのなかでも外でも、よく人や物にぶつかってました」

気の毒に——と、先輩が呟いた。

「姉は気丈にしてましたけど、一人で泣いていることがあるのを、僕は知ってました。だから父に頼んだんです」

——お祓《はら》いをしてもらおうよ。

「父と二人で、地元の神社へ行って神主さんに事情を話したら、困ったような顔をされましたけどね」

　無理もない。お化けや幽霊の類いではなく、ここにはない幻の家が障《さわ》っている（らしい）から祓ってほしいと頼んだのだから。

「あと、すごく言いにくそうに教えてくれたんですけど」

　――あすみニュータウンの建築が始まる前、販売会社の方からのご依頼で、私が地鎮祭を執り行ったんですよ。

「それでも、うちに来てお祓いをしてくれました。除災招福のお札を書いて、四方に貼ってくれましたし」

　先輩が小声で訊いた。「どうなった？」

　僕はかぶりを振った。

「何も変わりませんでした。母は寝たり起きたりだったし、姉の視力もじりじり下がり続けて、父は頸部だけじゃなく、しつこい頭痛や全身の関節痛に悩まされるようになって」

　僕は、しばしば悪夢を見ては飛び起きるようになった。ただ、その悪夢の内容はいつも目覚めると消えてしまい、つかみどころがないのだった。

「それで――引っ越してちょうど一年後、つまりマイホーム記念日ですよ。十二月二十七日の夕食のときに、父が言い出したんです」

自分で考えついたのか、誰かに相談してアドバイスしてもらったのか、わからない。常識人の僕の父の発想としては、突飛だった。

——この家の願いをかなえてやったらいいんじゃないかと思うんだ。

「家の願い？」

「ええ。つまり、あの幻は、僕らの家が〈本当はこうなりたい〉と願っている理想の姿なんじゃないかって、父は言うんです」

先輩が、ゆっくりと口を開いた。

「僕らの家は、〈自分は、本当はこんなありきたりの建売なんかじゃない、特別な家なんだ〉って主張している。で、それがかなわないから僕らを苦しめている。それなら、その希望をかなえてやれば、おとなしくなるんじゃないかって」

先輩が、ゆっくりと口を閉じた。喉仏がごくりと上下した。

「——家の、自己実現願望か」

本当の俺はこんなもんじゃないぞ。

「つたってそんな」

言いかけて絶句して、先輩は忙《せわ》しなくうなずいた。

「でも、そうかもしれない。腑《ふ》に落ちる。まるで――まるで――」

「栗田君みたいですよね」

俺様はこんなところでくすぶっているような人間じゃないんだぞ。

「姉は、バカじゃないのって笑いました。無理に笑ってるみたいでしたよ」

――お父さん、どうかしてるよ。

「でも翌日、学校で」

先輩が身構える。「何があった？」

「姉は高校で吹奏楽部に入ってて、始業式で演奏するからって、冬休み中でも練習があったんです。それで、音楽室でクラリネットを吹いていて」

突然、呼吸困難の状態になった。養護の先生が飛んできて介抱してくれたけれどどうにもならず、病院に運ばれた。

「酸素吸入を受けて落ち着いたんですけど、原因がわからないからって、そのまま入院ですよ。年末で検査もままなりませんでしたからね」

病室の姉は、げっそりと病人顔になっていたけれど、目が安堵《あんど》していた。

――ここにいると変なノイズが聞こえないの。こんなにぐっすり眠ったの、久しぶり。

疲れ切って降参、というふうに見えた。

父も同じだったのだろう。分別という土台が揺らぎ、常識という柱が折れた。日常が非日常に屈服した。

年明けから、父は猛然と対策に乗り出した。

「家じゅう、くまなく写真を撮って、幻の家の様子を確認して、それに合わせてリフォームを始めたんです」

知人の紹介でリフォーム専門の業者を頼み、インテリアデザイナーも雇った。

「家具は大半が特注ですよ。壁紙や絨毯も、似ているものを見つけるまで大変でした。どうしても見つからないときは、やっぱり特注するしかない」

その資金には、宝くじの賞金の残り半分、五百万円をあてた。

「業者にもデザイナーさんにも本当の事情は打ち明けなかった——さすがに言えなかったんでしょうけど、だから、無駄な贅沢《ぜいたく》をする一家だなあと思われたでしょうね」

近所の人たちにも、当然だけど訝《いぶか》られた。新築の家に引っ越して一年くらいで、もうリフォームするのか。

「その、何というのかな、リフォームとしては統一感があったの？」

「一応、それなりに」

家が主張してくる趣味は、姉の言うとおり成金ぽくもあり、よく言えばレトロ、悪く言えば古くさかった。

「だから、十代だった姉や僕には、てんでそぐわなく見えたと思います」

でも、傍目《はため》にはどんなに奇妙に見えようと、それは実際、効果があったのだった。

「効いたのか」

先輩は、信じられないというように目を見開いている。

「ホントに効き目があったのかい？」

僕はうなずいた。

「リフォームが進んでいくと、まずノイズが止みましたからね。母も昼間は起きていられるようになっていったし」

そして父を手伝うようになった。

「お姉さんの視力は？」

「下がらなくなりました。右目の方は、やや回復してきたくらいで」

だから姉も、両親を止めようとはしなかった。心細げに、後ろめたそうに、リフォームに熱を上げる両親を眺めていた。

「僕も、何も言えずにいました」

ふうっと大きく息を吐き、先輩は思い出したようにおしぼりで顔を拭った。

「俺、飲みすぎかな」

「顔色がよくないです。でも、焼酎のせいじゃないと思いますよ」

後ろのボックス席には、いつの間にか中年のカップルが座っていた。メニューを見ながらぼそぼそと話をしている。

「家のなかのリフォームがひととおり終わるまで、四ヵ月以上かかりました」

「でも、ご両親はやりとげたんだね」

家の希望を叶えてやった。

「内装と家具だけですよ。外壁と玄関まわりはまだ手つかずです」

五百万円はあらかた消えていた。

「特注の家具はみんな高かったし、やっぱり暖炉に金がかかりました。煙突はナシのお飾りでも、石造りですしね。あれだけで二百万円ぐらいしたんじゃないかなあ」

父は費《つい》えを惜しまなかった。

——もともと棚ぼたの金だったんだ。最初からなかったと思えばいい。

常に家のどこかを直しているので気分が落ち着かず、みんないつも疲れていて、だるくて、そのくせ些細《ささい》なことにピリピリした。家の攻撃は緩《ゆる》んできても、それで平和を取り戻せたわけではなかった。

「そんな状態の上に、業者に試算してもらったら、外壁をそっくり直すには、新たにローンを組まなくちゃならないことがわかって」

父が背負う借金が増えるのだ。棚ぼたの金が消えただけでなく、マイナスになる。その段階で、僕は両親を止めた。

「どうして？」

先輩の問いに、僕は軽く肩をすくめてみせた。

「そのころに、ある人から――いわばセカンド・オピニオンを聞いたからです」


四月が来て中三になると、僕は予備校に通い始めた。そうすれば、その分だけ家にいる時間を短くすることができる。だから、S町にも手頃なところがあったにもかかわらず、僕はわざと私鉄線で二駅先の予備校を選び、自分の選択した講義がないときでも、ちょくちょく自習室に通っていた。

その日はゴールデンウィークの直前で、講義が終わると、予備校の友達のあいだでさえも、旅行や帰省の話題が出ていた。うちでは両親が、遊びに来たいという祖父母やおばさんたちを遠ざけるために、また何だかんだ言い訳を考えていた。連休中はリフォーム業者も銀行も休みなんだから、うちもいっそどこかへ行けばいい、こっちから親戚の家へ泊まりがけで出かけたっていいんだ、なんて考えながら駅へ向かって歩いていると、後ろから声をかけられた。

「すみませんが、そこの坊ちゃん」

振り返ると、駅前の小さなロータリーの端で、作業服姿の男性が小腰をかがめて、僕の方を窺《うかが》うような格好をしていた。

その顔と声に、僕は覚えがあった。母が家の調査を頼みに行った、S町の工務店の社長だ。うちに下見に来たときと、専門業者を連れて来たときと、僕は二度会っている。

「こんにちは。私は、あのぉ――」

「佐川《さがわ》工務店の社長さんですよね」

作業服の男性は、ほっとしたような笑顔になって、ぺこりとした。

「はい、そうです。その節は、せっかくおいでいただきましたのに、うちではお役に立てませんで、申し訳ありませんでした」

社長さんは僕の祖父ぐらいの年代で、丸いメガネをかけた小柄な人だ。僕なんかにも丁寧にしゃべる。

いえ、どうも——なんて、僕はもごもごと口のなかで言った。大人というか社会人と、こんなふうに道端で言葉を交わすことに、たいがいの中坊《ちゅうぼう》は慣れていないものだ。まして、「坊ちゃん」なんて呼ばれたら、どうリアクションしていいか困ってしまう。

「いえ、えっと、専門のところを紹介してもらったので、助かりました」

そうですかそうですかと、社長さんはニコニコする。

「坊ちゃんは、学校がこちらの方なんですか」

「予備校の帰りなんです」

「予備校？　ああ、そうか。三年生なんですね。今年は勉強が大変ですねえ」

僕はへえとかはあとか言って、曖昧に頭を下げ、駅の改札へ向かおうとした。と、社長さんが追いすがるように声を投げてきた。

「その後、おうちの方の不具合はよくなりましたか」

今度ははっきり引き戻される感じで、僕はもう一度振り返った。そして丸メガネの社長さんの顔を真っ直ぐに見ると、気がついた。

この人は、ただ挨拶するためだけに、僕に声をかけてきたんじゃない。心配してくれてるんだ。

僕がそう悟ったことが、表情に表れたのだろう。社長さんは近づいてきて、僕の顔をのぞき込み、また済まなそうに腰をかがめた。

「まったく不躾《ぶしつけ》なことを申し上げるようで、ごめんなさいよ。でも、気になりましてね」

社長さんは気まずそうに目を伏せた。

「あれから何度か、町なかで、坊ちゃんのお母様をお見かけする機会があったんです。そしたら——だいぶお加減が悪いようにお見受けしたもんですから」

寝たり起きたりしながらも、母は何とか家事をこなしていたから、買い物に行くこともあった。そういう折の話だろう。

「専門家にお引き継ぎをした以上、うちがあれこれ詮索することじゃないのは百も承知なんですが、あのあと——今年に入ってから、坊ちゃんのおうち、だいぶ改装をなさっているようでもあるし」

気がついていたのか。同じ町なかのことなんだから、そりゃそうだよな、と思った。

「やっぱり、いろいろといけないところが見つかったんでしょうか」

何と言ってごまかそうかと、僕は急いで考えた。その様子はいかにも不自然で、不機嫌にも見えたのかもしれない。社長さんは慌てて謝罪した。

「いや、本当にごめんなさい。坊ちゃんにこんなことを伺うなんて――」

「いいんです」と、僕は言った。自分でもびっくりするくらいの大声だった。社長さんの丸メガネの奥の目が丸くなった。

「あの、実はその、すごい、大変で。変なことが、いっぱいあって」

口を滑らせてしまって、僕はかあっと顔が熱くなるのを感じた。今にも泣けてきそうに喉が詰まっていた。そのせいで言葉も切れ切れになったのだった。

社長さんは、ちょっとのあいだ、まじまじと目を瞠って僕を見ていた。僕は何とか泣くまいとして、激しくまばたきしながら口で息をしていた。

社長さんが、そっと僕の肘《ひじ》に掌をあてた。

「坊ちゃんも、私がお会いしたときから比べたら、だいぶ痩せましたよね」

自分では意識していなかった。家族のあいだでは、お互いの健康状態について報告し合うことはあっても、気遣い合う余裕は、とっくになくなっていた。

「これから、おうちに帰るんですか」

僕は口を強く結んでうなずいた。

「じゃ、お送りしましょう。私はちょっと仕事があったんで、車で来てるんです。乗ってお行きなさい」

横っ腹に社名の入った古ぼけたヴァンで、後部の荷台には工具箱や丸めたコードや道具類が積んであり、車内は油臭かった。

でも、その助手席に乗り込んだとき、僕を包み込んでくれた安堵感は、油の臭い以上にくっきりと濃くて、暖かかった。だから僕は、これまでの経緯をすっかり打ち明けてしまった。しゃべり出したら止まらなくなってしまったし、涙も溢《あふ》れてきた。

社長さんはゆっくりと車を走らせていた。亀みたいなスピードだった。一度も僕の話を遮《さえぎ》らず、ときどきうなずきながら聞いていて、僕がすっかり吐き出し終えると、小さくため息をついた。

「辛かったですねえ」

話し終えると気持ちが落ち着いたけれど、僕は疲れて膝が萎《な》えたような感じだった。

「あすみニュータウンのところは、坊ちゃんが心配なすったみたいな、好くない因縁のある土地じゃありませんよ。私は地元の人間だから、それは保証できます」

社長さんはあくまでも真面目に、優しく、まずそう言った。

「あそこの住宅建築に、うちはまったく関わっておりませんが、建てた業者はまずまず評判のいいところだし、私がざっと見せていただいた限りでも、お宅の作りもきちんとした仕事だと思いました」

僕は社長さんの横顔を見た。考え込むような顔をしていた。

「家相っていうのがありましてね」

僕はうなずいた。「姉から、ちょこっと聞いたことがあります」

「そうですか。あれはね、家を建てるときにはこれこれに気をつけなさいよという、うんと昔っからある決まり事だから、今の時代には合わないところもあります。でも、おおむね合理的にできてる決まり事でしてね」

たとえば北向きの玄関がいけないというのは、室内と外気との温度差が激しくなり、特に冬場、毎日そこから出入りする人の健康によくないからだ。三角形の家は禁忌《きんき》だというのは、三角の家が建つのは土地が三角形の場合が多く、そういう土地は三叉路《さんさろ》の端や、道が二股になっているところに船の舳先《へさき》のように突き出しているから三角形なのであって、自然と、運転を誤った車が突っ込んでくるような事故が起きやすい。井戸を埋めた土地に家を建てると死人が出るというのも、迷信めいて聞こえるけれど、そんなことじゃない。井戸があるところは地下に水脈が通っているわけで、何かの拍子に陥没したり、地震で液状化現象が起きる確率も高い。水脈の変化で地盤が沈下し、わずかでも家が傾けば、なかに住んでいる人は恒常的に不快感を覚えるし、それが募れば健康を損ねる。老人や病人だったら、死期が早まってしまっても不思議はない。

つまり、いちいち理にかなっているのだと、社長さんは説明した。

「だからね、坊ちゃんのおうちで起きているようなことは、家相のせいではありません。私も、似たような例を知りません。初めて聞きました」

ただねえ——と、社長さんは口ごもった。

「家は、容れ物だし道具ですからね。使う人との相性ってのがある」

「相性？」

「はい。人と人のあいだでも、そうでしょう？　会ってすぐ気が合う人もいれば、どうにも仲良くなれない人もいます」

「それはだって、人には性格があるから」

「そうですねえ。道具にも、性格はありませんが、性質はあります」

それが、合ったり合わなかったりする。

僕は訊いた。「合わないときは、どうすればいいんですか」

「合うように、少しずつ合わせていくしかありませんね」

人が道具としての家を使い慣れてゆき、道具としての家を慣らしてゆく。

「それでも、限界ってものはあります。いっそ道具を取っ替えた方が楽だってことがね」

社長さんは、ちらりと僕を見た。

「坊ちゃんのご両親は、手間とお金をかけて、心を尽くして、ご自宅と折り合おうとなさっている。それでちっと事態が好転してきているようですから、このままいい方向に行くようなら、それがいちばんです」

でも、もしもそうでなかったら――

「そりゃ、道具の性質ととことん合わなくて、どれだけ頑張ったって使いこなせないってことだ。そう見切る思い切りも必要です」

見切る、か。僕はぞくりとした。

今は、家の攻撃が緩んできている。でも、ずっとそうだという保証はない。もしもまた悪い変化が起きてきたら？　そのときはどうする？　また一からやり直すのか。借金を重ね、ローンを組み替えて、延々と家の願いをかなえてやり続けるのか。

僕たち家族は、とっとと出てゆくべきだったんだ。

なぜ、そんな単純な選択ができなかったのだろう。思いがけない幸運で手にしたマイホームに、入れ込み過ぎてしまったのだろうか。他の十四棟では何事もないのに、うちだけおかしいなんて不公平だ、何とかできるはずだ何とかしようと、真面目に頑張り過ぎたのがいけなかったのか。

だって、相手は〈家〉なんだから。無機物なんだから。心も命もないものなんだから。

なのに僕たちは、心や命を持っているものに対するのと同じようにふるまってしまった。あの家に怒り、怒り返されると下手に出て機嫌をとり、今や、あの家に尽くしている。

S町の私鉄線の駅舎が見えてきた。

社長さんは言った。

「家を建てたり買ったりすることは、たいがいの人にとって、一生に一度の大仕事です。だから、簡単にとっかえはききません。でもね、命は何よりも大事です。道具には命はないけれども、人は命あってこそですからね」

その言葉を胸に刻み込み、僕は家に帰った。

先輩と二人で、〈青海波〉を一瓶あけてしまった。

「僕らも、今日は稲庭うどんで締めましょうか」

店員を呼ぶボタンを押そうとする手を、先輩が遮った。

「それより、どうなったんだ？」

「僕が家族を説得して、納得してもらって引っ越しました」

佐川工務店の社長さんに会ったこと、話を聞いてもらったこと、幼稚園児みたいに泣いてしまったこと――すっかりぶちまけて説得した。懇願した。もうこの家を出ようよ。

僕ら、間違ってた。僕らがこの家を人間みたいに扱ったから、この家は人間みたいなふるまいをするようになっちゃったんだ。

放っておけばよかったのに。気にしなければよかったのに。相手にしなければよかったのに。

家は、道具に過ぎないのだから。

「僕の言葉に説得力があったというよりは、うちのなかのことが社長さんみたいな完全な第三者にバレちゃったのが恥ずかしくて、両親もハッとしたんじゃないかと」

「って、君がバラしたんじゃないか」

僕は頭をかいてみせた。「そうですけど」

溶けかけの氷だけになったグラスをもてあそびながら、先輩は考え込む。ふむふむ、と声に出して言った。

「ご両親も、世間の目を意識することで、やっと我に返ったってことだね」

「あ、それです。その解釈がぴったり」

「何かさ、巨大事故発生のメカニズムについて分析した本で読んだことがあるよ」

閉鎖的なグループのなかだけでアクシデントに対処しようとすると、どんどん狭い方へ狭い方へと選択肢を拾っていって、さらに事態を悪化させてしまう。そういうとき、外部からの〈新鮮な目〉が、事態を打開するきっかけになる――

「伊藤君のご家族の場合、スタートの時点から、宝くじの賞金を頭金にしたという秘密があったからね。閉鎖性が強かったよな」

講釈する先輩の呂律《ろれつ》が、だいぶあやしい。

「いつ引っ越したの？」

「五月中には、別の町のアパートに移ってました」

「何事もなく」

「はい。引っ越したら、みんな健康体に戻りましたよ。家も、売りに出したら一ヵ月もしないうちに買い手がついて」

めでたし、めでたし。

「よかったねえ」

言葉とは裏腹に、先輩は落胆している。

「派手なオチがなくって、すみません」

「いやいや。実話はそんなもんだよね」

言って、ふやけたように笑うついでに、あくびを噛み殺した。完全なる酔っ払いだ。

「伊藤君のご家族に、それ以上の大変なことが起こらなくてよかったよ」

後ろのボックス席のカップルは、静かというより陰気な飲み方をしていた。あの四人組のおっさんたちの方がよかった。ああいう笑顔は真似しやすくて、楽でいい。親切な店員もよかった。今も忙しそうに、奥の方で立ち働いている。ああいう人たちは、僕にとって最高のお手本だ。

普段、会社では先輩がその役割をしてくれているのだけれど、今夜はもうダメだ。こんなふうに酔ってしまうと。

二人で稲庭うどんを食べ、会計を済ませて外へ出た。

「ご馳走さまでした。じゃ、ここで失礼します」

「銀座線《ぎんざ》だろ。一緒じゃないか」

「今日はＪＲに乗ります。実家に帰る約束をしてるんで」

先輩を見送り、その背中が地下鉄の入口へ消えてゆくのを見届けて、僕は歩き出した。少しブラブラして時間を潰してから、地下鉄に乗ろう。

今夜はもう、先輩と一緒にいたくなかった。ちょっと疲れて頭が痛い。笑顔がぎこちなくなっている。限界なのだ。

今の僕には、喜怒哀楽というものがない。そういう演技をすることはできても、本物の感情はないのだ。

忘れてしまった。封印してしまった。自分を守るために記憶を凍結して閉じ込めたとき、心も一緒にそうしてしまった。

僕の主治医を務めてくれた伊藤先生の見解は違う。僕はすっかり癒《い》えているし、自分をコントロールできている。僕が感情を失ってしまったかのようにふるまうのは、自分を守るためではなく、自分を罰するためなんだと言っていた。

どっちだっていいやと思う。僕はもう変わらないし、変われないのだから。

中学三年生の夏休みの終わりに、僕はふと思い立って、一人でＳ町を訪ねた。僕らのあと、あの家を買って移り住んだ人たちがどうしているのか気になったからだ。

あすみニュータウンには夏の日差しが溢れ、化粧タイルの歩道に街路樹が影を落としていた。そうやってあらためて眺めると、整然と建ち並ぶ十五棟の家々は、モダンでリッチだった。それらの言葉が内包している安っぽさも含めて、好ましい感じがした。

ほんの数ヵ月前まで僕らのマイホームだった家、僕らを苦しめ追い詰めた家は、平然としてそこにあった。

インタフォンを押すと、女性の声が応じた。以前ここに住んでいた者です、モリノです、と挨拶すると、手前の窓のレースのカーテンが動き、人の顔が覗いてすぐ消えた。

ドアが開いて、この家の主婦――僕の両親からこの家を買い取った、アキタさんの奥さんが現れた。

「まあ、モリノさんの――」

「長男の良太です。突然すみません。うちの母が、洗面所の二十四時間換気システムのマニュアルをお渡しするのを忘れてたそうで、お届けに来ました」

「あら、不動産屋さんからもらったファイルのなかになかったかしら」

「そっちはたぶん、台所の換気扇のです」

そうですかと、アキタさんの奥さんはにっこりした。

「わざわざすみません」

「いえ、僕、予備校がこっちの方なので、ついでですから」

「でも、暑いところをありがとう。どうぞ上がって。アイスコーヒーでも飲んでいって」

僕はリビングに通された。

「散らかっててごめんなさいね」

リビングにはご主人のアキタさんがいた。子供は男の子が二人。まだ小学生だ。三人でテレビゲームをして遊んでいたらしい。

「引っ越しがあったから、夏休みの宿題がまだいっぱい残ってるのに、困ったわねえ」

奥さんがご主人と子供たちを睨《にら》むようなふりをして、笑った。

「だってぇ、パパがゲームやろうっていうんだもん」

「そうだよそうだよ」

「何度やっても勝てないんだよ。おまえたち、上手すぎるよ。ゲームばっかかして勉強してないだろ」

仲睦《なかむつ》まじい一家だった。男の子たちは明るくて、僕のことをちっとも警戒せずに、ゲーム好き？　などと懐《なつ》いてきた。

二十四時間換気システムのマニュアルを、ファイルに挟み忘れていたのは事実だった。この家を訪ねるために、僕は嘘をついたわけではない。図々しくあがりこんだのでもない。アキタさん一家が僕を招き入れ、僕に見せつけたのだ。

この家で、彼らが幸せに暮らしている様子を。

僕の両親が時間と金を費やし、この家の願望をかなえてやるために行ったリフォームは、影も形もなくなっていた。

――かなり個性的な内装をほどこされているので、売値を抑え気味にしないと、買い手がつかないと思います。その旨、ご了解いただけますか。

仲介の不動産会社の担当者の言葉を、僕は思い出していた。うちの両親が、それでいい、安くていい、ローンさえ残らなければいいですと、頭を下げていたことも思い出した。

僕の両親が時間と金を費やし、心をすり減らして行ったリフォームは、転売の際には邪魔になっただけだった。その分、家は安く買い叩かれ、浮いた金で、買い主のアキタさんは自分たち好みのリフォームをしたのだ。

そして愉快に暮らしている。

小一時間、僕はアキタさんの子供たちとゲームをした。キャラクターが可愛く、人気のあるレースゲームだった。

「もう失礼しなくちゃ。すみません、帰る前にトイレを借りていいですか」

そう言ってソファから腰をあげたとき、僕は一瞬、くらくらした。

怒っていたから。

僕らをあれほど苦しめたこの家は、アキタさん一家には何もしていない。アキタさん一家には、この家はただの家だ。

ただの、素敵な家だ。

この家は、僕らには合わなかった。でも、アキタさんには合った。

そんなのってアリか？

子供たちではなく、父親のアキタさんが草野球をやるのだろう。玄関の傘立てに金属バットが一本つっこんであることに、僕はちゃんと気がついていた。

こっそり玄関に行き、バットを手にしてリビングに戻った。

そのあとのことは、よく思い出せない。

ただ、気がついたらアキタさんに取り押さえられていて、駅の階段から転げ落ちて病院に担ぎ込まれたときの父と同じように、僕の夏物の白いシャツは血だらけになっていた。アキタさんの顔も血だらけになっていた。というか、顔の造作が潰れてしまっていた。

金属バットが血でぬるぬるしていて、力の抜けた僕の手のなかから滑り落ちた。するとアキタさんは気を失い、僕を下敷きにしてどうっと床に倒れた。そのままぴくりとも動かず、僕は彼の体重に押し潰されそうで、息苦しくてしかたなかった。リビングの隅で、奥さんが子供たちを抱いて泣き叫んでいた。男の子たちも、彼女にしがみついて泣いていた。

無機物に怒ったってしょうがない。

でも最悪、人は殺せます。人は命があってこそですから。

僕は少年審判に付された。念入りな精神鑑定も受けた。そして医療少年院に入ることになった。

二十歳になると、僕みたいなタイプの少年が社会復帰するための中間施設に身柄を移された。二年間をそこで過ごして、保護司の家に移った。両親は僕と暮らしたがってくれたけれど、伊藤先生がうんと言わなかった。すぐ両親と同居すると、僕がまたあの家のことばかりを考え、妄想に囚《とら》われてしまう可能性がなくはないと、先生は危ぶんでいた。

僕は先生を尊敬していたけれど、〈妄想〉という診断はいただけないと思った。こんなに優秀な先生でも、僕らの身に起こったことを理解してくれないのか。

両親と姉にもがっかりした。ちっとも僕を援護してくれなかったからだ。三人とも、あの家で起きた出来事について語ろうとしなかった。そんなことはおくびにも出さなかった。

なぜだよと問い詰めると、みんなでそんな話をしたら、ますます家庭に問題があると解釈されてしまって、おまえにとってよくないと言った。言い訳がましかった。

自分一人で何とかするしかないんだと、僕は悟った。仕方がない。アキタさんの家に行ったのは僕だし、あんなことをやったのも僕一人だ。

――ホントに一人だったのかな。

そんな疑問が浮かんでくるときもあった。あの場には、あの〈家〉がいたんだから。

でも、無機物に怒ったってしょうがない。

だから、記憶と心を封印することにしたのだ。何も思い出さず、何も感じないようになろう。自前の感情を失えば、他人のいい笑顔や適切な態度を素直に真似して、正しくふるまいやすくなる。

こうして立派に社会復帰を果たした。姓を〈伊藤〉に変えているのは、過去を詮索されないためだ。伊藤先生が好きだったから、先生の姓を借りることにした。

僕はちゃんと生きている。会社でよく働いている。局長に認めてもらっているし、先輩は可愛がってくれるし、仲のいい同僚もいる。栗田君みたいな困ったヤツにも動じなかったから、頼りにされている。

稲庭うどんは本当に絹みたいにつるつるで、旨かった。

作者の言葉　宮部みゆき

「書き下ろしアンソロジーを作りましょう」

　講談社の腕利き編集者・エヌ氏から、そんな提案があったのが二年ほど前のことです。私はアンソロジー大好き人間ですから、すぐ承諾しました。

「競作にするなら、統一テーマは何？」

「とりあえず、お好きなネタを書いてみてください」

　私が好きなネタならホラーにきまっているわけで、ちょうどそのころこの短編の核になるアイデアを転がしていたこともあり、それをそのまま作品化しました。

　が、デキは今いち。陰惨な話だし。

「あんまり自信がないから、いい作品が集まったら、私のは外してください」

　するとエヌ氏はこう言いました。

「いやぁ、宮部さんの作品を振り出しに、次々にモチーフをバトンタッチする形で書かれた短編を並べたいので、それは無理です」

　実際、二番手の辻村深月さんが見事にモチーフを引き継いでキリッとした作品を書いてくださったので、

「しょうがないなあ。私の（陰惨な）これも、土台石ってことで収録してもいいよ」

　これが、今いちばん新鮮でエネルギッシュで面白い小説を書いている方たちのなかに、私のようなお局が一人だけ交じっている理由です。結果的には得をしました。

　記念写真を撮りたいです。

ママ・はは

辻村深月

散らかった部屋の中、私との話が佳境に差しかかったところで、スミちゃんのスマホが鳴った。

ポケットからスマホを取りだしたスミちゃんが画面を見て、「あ、ごめん。ママだ」と呟《つぶや》く。

「ごめん。明日手伝いにきてもらうんだけど、何かあったのかも。出てもいい？」

「いいよ、いいよ。ごゆっくり」

「ちょっと待ってて」

スミちゃんがスマホを片手に廊下に出ていく。ドアを閉めたせいで小さくなった彼女の声が、あ、もしもし。どうしたの、ママ、と話すのが聞こえた。

主のいなくなった部屋の中を私は見回す。

部屋のあちこちに置かれた段ボール箱、中身がすっかり引き出されて何もなくなった本棚、引き出しが開いたままの空っぽのタンス――。それらの上に、午後の傾き始めた陽射しが降り注いでいる。

引っ越し業者のトラックがやってくるのは明日だということだった。その前に荷物をまとめるのを手伝ってほしい――、住吉亜美《すみよしあみ》からそう連絡があったのはひと月ほど前だ。荷物の運搬は業者に頼むけれど、梱包《こんぽう》までは入っていないプランだから自分と身内でやらなければならない。引っ越しの当日は彼女の両親が来る予定だそうだけれど、私は、その前のこまごまとした荷物の片付けを頼まれた。引っ越しの手伝いとはいえ、手を動かしながらスミちゃんといつもの女子会のようなお喋《しゃべ》りをするのは楽しく、段ボール箱に物を詰め込みながら、時間があっという間に過ぎていく。

埃《ほこり》っぽくなるから――と開け放した窓から舞い込む三月の風は、陽射しを含んで色だけは明るいけれどまだ少し冷たい。床に置かれたままの雑誌や書類に何気なく目をやって、おや、と思う。積み上げられた冊子の一番上に、分厚いアルバムらしきものが見えた。

はあい、じゃあママ、明日、寝坊しないでね。よろしくお願いします――、廊下の方から声がして、電話を切ったスミちゃんが部屋に戻ってきた。

「ごめん、ごめん。なんか、明日の到着時間の確認だった。伝えたはずなのに、おっちょこちょいっていうか、ちょっと抜けたとこがあって、うちのママ」

「ねえ、スミちゃん。あれ、アルバム？」

「うん？」

スマホをテーブルの上に置いたスミちゃんが私が指さす方に顔を向ける。そして、

「ああ――」と頷《うなず》いた。

「うん」

「いつの写真？　すごいね。随分《ずいぶん》ちゃんと写真整理してるんだね」

アルバムに目を引かれたのは、それが写真を台紙に貼り付けてビニールを上にかぶせて固定する、分厚い本格的なものだったからだ。私も実家に帰れば、子ども時代からの写真を両親がそんなふうに保管しているけれど、一人暮らしの独身女性の部屋にはそぐわない気がした。所帯じみた感じがするというか。

そんなことを考えていると、案の定、スミちゃんが「違う違う」と首を振った。

「実家にあったのをそのまま持ってきたの。私の成人式前後の写真。記念にって思って。私が整理したんじゃないよ」

「わーっ！　スミちゃんの成人式の写真、見たい。見てもいい？」

「いいよ。たいしたもんじゃないけど」

「成人式、振袖だよね？　スミちゃんだったら何色だろ。ピンク系？　あんま赤系のイメージないけど、黄色や寒色系でも似合いそうだよね」

「うーん、何色だと思う？」

スミちゃんが笑い、私はさっそくアルバムに手を伸ばす。肝心の片付けの方がおろそかになるが、昔の写真や思い出の品が出てきて作業の手が中断されるのも掃除や引っ越しの醍醐味《だいごみ》みたいなものだろう。それに、普段から計画的な彼女らしく、梱包は私が来るまでもなくほとんどが終わっていて、もうやることはそう多くないように思える。

アルバムを開くと、最初のページに、アルバムに貼られていない写真が一枚だけ挟まれていた。

実家なのか、「住吉」と表札がかかった洋風の家の前で、スミちゃんが藤色の振袖を着て微笑《ほほえ》んでいる。その横に、彼女のお母さんらしき人が立っていた。ツイードの品のいいスーツを着ていて、胸元にパールのブローチをつけている。一目見て、とてもおしゃれな人なのだろうと思った。優しそうに娘の肩に手を添えている。

写真に写る二人は、まるで同年代の友達同士のような気安さで和《なご》やかに笑っている。いい写真だった。

「スミちゃん、藤色なんだ。すごくいい着物だね。きれい」

「うん。ヒロちゃんは？　何色着た？」

「赤。私の友達にも藤色はいなかったなぁ。珍しいけど、スミちゃんのイメージにぴったりだね。似合う」

薄い藤色の着物には、それよりも濃い藤の花の模様が肩に入っていて、とても美しかった。

写真を見ている私に、スミちゃんが「それよりさ」と話しかけてくる。

「さっきの話、中断しちゃってごめんね。大変だったね、保護者会」

「ああ――、うん」

胃の奥に押されたような鈍い痛みが戻ってきた。

私もスミちゃんも、ともに小学校で教師をしている。年は私が今年で二十七歳、スミちゃんが二十九歳。私が大学を卒業して最初に赴任した小学校に勤めていたのが彼女で、その後、それぞれ別の学校に転任してしまってからも、ずっと親しくしてきた。年の近さや、まだ独身同士という気軽さもあって、お互いの家をよく行き来する仲だ。この家にもちょくちょく遊びにきていたので、今回の引っ越しは、スミちゃんの転任に伴う仕方ないものだとはいえ、私としては少し寂しくもある。

スミちゃん、という呼び名は、彼女が当時担任した子どもたちが呼んでいたものだ。昔から友達にもずっとそう呼ばれてきたという。二歳年上のスミちゃん先生は美人で明るく、子どもたちからも同僚からも信頼される、大好きな先輩だった。先輩だけど、今は私も気安く「スミちゃん」と呼び、敬語も外して話している。

今日彼女に話していたのは、私が受け持っていたクラスで先日あったばかりの保護者懇談会のことだった。年度の終わり、三月に毎年行われるもので、順番に保護者たちから「今年一年を振り返ってどうだったか」「来年一年を通じて、子どもにどうなってほしいのか」を話してもらう。

たいていは、「テレビやゲームの時間が多くて困る」とか「食べ物の好き嫌いが多くて」「親に口答えをして」——というような、どこの家でも共通に困っている内容を披露《ひろう》しあい、わかります、大変ですよね、という雰囲気で頷き合う会なのだが、今年のクラスでは違った。

須賀田《すがた》竜之介《りゅうのすけ》くんのお母さんがいたからだ。

竜之介くんの家は、父親が税理士、母親も自分で美容院を何店舗か経営しているというおうちで両親ともに教育熱心な家庭だった。以前から学校への要求も多く、「教科書なんですけど、今使っているものより、塾で薦《すす》められたこちらを採用したらどうでしょうか」とか、「体操着が汚れたら、その場で子どもたちに洗わせる時間を作ったらどうでしょうか。時間が経ってから家で洗ってもきれいにならないことが多いので」といった申し入れがかなりあった。

思い出して、私は胸に薄く息を吸い込む。

「モンスターペアレントってわけじゃないんだよ」

「わかるよ」

私の言葉にスミちゃんが頷いた。

「ただ、一生懸命なんだよね。きっと、そのお母さんも」

「うん。真面目で、心からよかれと思って提案してくれてるのはわかるんだけど」

このあたりのニュアンスを察してくれるのはさすが同業者ならではだと思う。他の友達に話せば、すぐに「やっぱりモンスターペアレントっているんだね」とかなんとか大雑把に言われてしまうことが多く、そのたび、胸の内に違和感が燻《くすぶ》る。

スミちゃんの反応に心が少しだけ軽くなる思いがした。

竜之介くんのお母さんは、何も自分や自分の子どものための我儘《わがまま》で学校に申し入れをしているのではない。強い言い方をされることも多いので、受け持った最初の四月には私も萎縮《いしゅく》してしまったけれど、一年経ってその辺りもだんだんわかってきた。

教科書の変更を申し入れるのは、純粋に、その方がクラスの他の子のためにもいいと思って提案しているのだし、体操着のことだって他の親も同じ考えでいるのだろうと思ったからこそ、自分が代表で言わなければという使命感に突き動かされてのことだ。全部、彼女なりの根拠がある。学校側で「それは難しい」ということに関しても丁寧に伝えて、それで今日までどうにかやってきた。

学校に過剰な要求を突き付ける〝モンスターペアレント〟には、自分の子どもを溺《でき》愛《あい》しての行動も多いように聞くが、その点も竜之介くんのお母さんは違う。自分の子どもにはテレビもあまり観せないし、ゲームもほとんどやらせない。ジュースもチョコレートも禁止。一緒に遊んでいる他の子が自動販売機でジュースを買ってもらっていても、「うちは貧乏だから買いません」と毅《き》然《ぜん》とした口調で言って、お茶の入った水筒を持たせる。実際は裕福な家庭だけど、だからこそ子どもを甘やかさないように気をつけているのかもしれない。学校にも厳しいけれど、自分の子どもにはそれ以上に厳しい。その姿勢は私から見ても立派なものに映る。

今回の保護者会でも、他のお母さんたちは竜之介くんのお母さんの性格についてよくわかっていた。〝ちゃんとした家〟〝竜之介くんのところはすごいよね〟という感じで、みんな、彼女に対しては遠慮があるというか、一定の距離を置いていた。

みんなが和やかに自分の子どもについての悩みを語っていく中、竜之介くんのお母さんの順番が来た。開口一番、彼女が言った。

「先ほどから皆さんのお話を聞いていて思うんですけど、皆さん、優しすぎませんか？　なんでそんなに甘いんですか」

その言葉に場の空気が凍りついた。

「うちは、子どもにはちゃんと親は親、子どもは子ども、という考え方を早い段階からわからせてきました。だから、先ほどの梨佳《りんか》ちゃんのおうちのお話を聞いていても、本当にもう信じられないというか、イライラして」

名前が出た梨佳ちゃんのママがびっくりしたように息を呑む気配があった。まさか自分の子どもの名前が出るとは思わなかったのだろう。竜之介くんのお母さんが早口になった。

「『ママだってよくそうしてるよね』なんて発言、うちでは絶対ありえません。親なのだから、子どもの前でそう言われるような隙《すき》を絶対に作ってはいけないんです。そうしなければ威厳が保たれないでしょう？　皆さん、お子さんの言うことを聞きすぎる。あなたと私は対等ではありませんということをもっとちゃんと教えないとダメですよ。なんでそんなことになってしまったんですか」

梨佳ちゃんのママが困ったように、あいまいに微笑んで竜之介くんのお母さんを見つめる。周りのお母さんたちもどうしたらいいかわからない様子だ。

自分の言葉で勢いづいたように、竜之介くんのお母さんの鼻息が荒くなった。

「皆さん、さきほどから聞いていると、自分の子どもにこうなってほしい、とか、こんなところが困る、とか言いながら、具体的にどうにかする気がないように思えます。方法がわからないんだったらうちでやっていることを教えますから、聞きにきてください。そのおかげか、竜之介は礼儀正しい方だと思いますし、この間も先生から、男の子なのに礼儀正しくてすごいですねって言われました。私からしてみると、ええっ、小学三年生になったらこれぐらい普通じゃない？　って驚いたんですけど、言われてみると、私にも『おばちゃん、これやって』みたいな言い方で敬語が使えないような男の子、結構いるんですよね」

そう言われて、今度は男の子のお母さんたちがみんな気まずそうに視線を交わし合う。

いたたまれない空気の中で、私が「竜之介くん、確かにしっかり言うことを聞いてくれますね」と言うと、竜之介くんのお母さんが「あらそうですか？」と私を見た。

担任まで気を遣ってご機嫌とりをしているような感じになってしまうのは嫌だったけれど、この場の皆が今一番望んでいるのはこの時間が早く終わることのように思えた。竜之介くんのお母さんが、「とにかく、うちはそうしてます」と言って、彼女の順番が終わった。

保護者会の後で、竜之介くんのお母さんに名前を出された梨佳ちゃんのママが、周りに対して精一杯平気な顔をして席を立っていたのが、痛々しかった。担任としても申し訳なかった。

クラス一おしゃまで活発な梨佳ちゃんは口が達者で、言葉遣いも大人顔負けだ。梨佳ちゃんのママがそんな娘の発言を好ましく思いながら自分の家庭の話をしたのは明らかだった。それは、子どもの小生意気さを憎らしく思いながらも自慢したい――つまりは惚気《のろけ》のようなものだ。どの親だって自分の子どもを人前で堂々と「いい子」だとは言いにくい。

保護者の誰かが戻ってきて、私に竜之介くんのお母さんのことを注意するかもしれない、他の家のことまであんなふうに言及するのは行き過ぎだと。

そうなっても仕方がないと身構えていたが、実際にやってきたのは今度もまた竜之介くんのお母さんだった。

「あの先生。さっきのお話ですけど」

「はい」

「もし、本当に私に育児のことを聞きたいというお母さんがいらっしゃったら、今、ちょっと仕事が慌ただしいんですけど、どうにかして時間を取りますから、いつでも言ってくださいね」

言葉に詰まって、彼女を無言で見つめ返した。——いるわけないじゃないか、と思うけれど、竜之介くんのお母さんの顔は至って真面目で、そして、この時も心から親切心で言っているのだということが伝わってきた。

その時に、ああ——とわかった。

悪い人ではない。真面目で、そして本音で生きているこの人には、みんながこの場所で建前を話しているなんていう、なあなあの発想がそもそもないのだ。裏表がなく、みんなが自分のように真剣にここで問題解決がしたいのだと思っている。

理不尽《りふじん》でも我儘でもない。悪意だってもちろんない。ただ少し、ずれているだけなのだ。

「——そのお母さんが言ってることも、わかるところはもちろんあるんだけどね」

私が言う。

三年生から四年生への進級はクラス替えがなく、持ち上がりで担任する新学期のクラスでも、これから一年、竜之介くんのお母さんはいる。それが嫌なわけではないけれど、保護者会での様子を思い出すと気が重いのは確かだった。

「ただ、そのお母さんの方法だけが正解じゃないと思うっていうか。竜之介くんは確かに礼儀正しい子だし、私の言うこともちゃんと聞いてくれるけど、家のやり方が合うのかどうかはその子どもの性格にもよるだろうし」

「うーん。まあ、大丈夫じゃない？　そういうお母さんはきっとそのうちいなくなるよ」

「――いなくなる？」

子どもの成長とともに親の方でも考え方が変わっていくという意味だろうか。竜之介くんのお母さんがそんなに簡単に変わるとは思えないけれど――と思っていると、スミちゃんが軽い調子で「うん、いなくなる」と繰り返した。

私は苦笑して首を振った。

「そうかなぁ。竜之介くんのお母さんのあの考え方は昨日や今日作られたものじゃないと思うんだよね。これまでの生き方とか、仕事の実績とかで培われた自信みたいなものに裏打ちされてる感じだから、そういう人はずっとそのまま変わらないんだと思う」

「うん。絶対に変わらないから、だからいなくなってもらうしかないんだよね」

スミちゃんの言い方に微かな違和感があった。私が「え？」と首を傾《かし》げたところで彼女が微笑んだ。

「ねえ、子育てとかしつけの正解って何かな？」

「え？」

「正解かどうか、わかるのっていつ？　その子がいい子になること？　礼儀正しくてちゃんと大人の言うことを聞くような」

「わかんないけど、子ども時代よりもっと先じゃない？　人に迷惑をかけない立派な大人になること、とか」

「じゃあ、社会人？」

「まあ、最終的には大人になってからなのかな」

スミちゃんからの突然の質問に戸惑いつつ、考える。子育てが成功した、と言われるのはメディアで見る場合、たいていがいい大学に合格したとか、子どもがスポーツや仕事で成功をおさめたような場面の気がする。

　すると、スミちゃんがつまらなそうに「ふうん」と息をついた。「どうして？」と尋ねると、彼女が「最近、ちょっと考えてて」と答えた。

「もちろん、人に迷惑をかけない大人になることは大事なんだけど、最近、子育ての正解ってそこにないいんじゃないかって思うこともあって」

「じゃ、どんなことが正解なの？」

「成長した子どもが、大人になってから親の子育てを肯定できるかどうか」

　スミちゃんが言って、私を見た。

「人生は長いからさ。大人になってから子どもに自分がやってきたことを肯定してもらえないと、いざ対等な状態になった子どもに見捨てられることになるよ。感謝されないし、仲良くしてもらえない。保護者と被保護者はいずれ、介護だなんだで逆転するんだしさ」

「えー、それ、すっごい先の話じゃない」

　自分のクラスのあの子たちを思うと、介護なんて、まだまだ想像できない。しかし、スミちゃんが首を振った。

「うちなんかは、親がすごく抑圧的っていうか、その保護者会のお母さんみたいに親は親、子どもは子どもって感じの家だったから、そういう話聞くとちょっと複雑なんだよね。親だって普通の人間だし、子どもが成長するにつれて、だんだん欠点やアラが目についてくるじゃない？」

「そりゃまあ……」

「その時に、これまで一切対等に扱われてきてなかったら、失望や怒りもその反動でかなり強いと思うんだよね。私にはこう言い続けてたのに、あんただってこうじゃないか——、みたいな」

「それは確かに」

「うん。で、その逆に、これまである程度希望を聞いてもらったり、対等に扱ってもらった記憶があるなら、大人になってからも関係は続くよね。最初から親も人間だってわかってるし、これからも仲良くしたいって気持ちになる」

「友だち親子、みたいな言葉があるくらいだもんね」

言いながら、でも、だとしたら皮肉なものだ、と思う。

「その子が厳しいしつけのおかげで他人に迷惑かけない子になっても、肝心の親のことを嫌って寄りつかなくなっちゃうってこと？　それは確かに寂しいかも」

「だからきっと何事も程度によるんだよ。子どもに対してあまりにも支配的だと、親の言ってることがどれだけ正しくても感謝するのが難しくなってくる」

言われると、具体的な例で考えてしまう。成長した梨佳ちゃん親子が二人仲良く歩くところは思い浮かぶのに、竜之介くんの家がどうなるのかの想像がうまくつかない。男の子と女の子の差は、もちろんあるだろうけど。

スミちゃんが長いため息を吐いた。

「親にしてみたら、ある日突然思ってもみなかった通知表を渡されるようなもんだよね。親の立場は絶対で、子どもから評価されることなんてないと思ってたのに、あなたの子育てのやり方は、私にはこうだったので、大人になってからは許しません、許します、感謝しません、感謝します」

それから、とスミちゃんが言う。

「仲良くしません、仲良くします。——大人になってからも威厳を保ち続けようとする親もいるかもしれないけど、親もただ親だってことに胡坐《あぐら》をかいてると、いずれ子どもに復讐《ふくしゅう》される時が来るよ」

「復讐は言い過ぎじゃない？　それに、うちで問題になったあのお母さんはたとえそんな日が来ても、だからって後悔したりしないと思うよ。私のやり方は間違ってなかったのに、子どもが疎遠になって恩知らずだって思って、それでおしまいな気がする」

「だろうね。それもよくわかる。ただ――」

スミちゃんの目が、その時、私が手にしていた彼女の分厚いアルバムを見た。短い沈黙が数秒。やがて、彼女が言った。

「お茶にする？」と。

「片付け、途中だけど、ちょっと話していい？　なんか思い出しちゃったから、聞いてもらおうかな。――でも、どうしよう。ちょっと不思議な話だから、するの、躊躇《ためら》う気持ちもあるんだけど」

「ええー、そこまで言っておいてそれはないでしょう。聞きたいよ。お茶にしようよ」

「じゃあ、言うけど」

スミちゃんの目が、私がアルバムから抜いた写真を見る。

彼女と、そしてお母さん。藤色の、明るくきれいな振袖を着たスミちゃんがその中で微笑んでいる。

スミちゃんが言った。

「私、この着物、実は着てないんだよね」

意味がわからなかった。

声もなく目を瞬いた私に、スミちゃんが苦笑いをして続ける。

「信じてもらえないかもしれないけど、私、成人式の日、この着物、着なかった。私が着たのはもっと淡いピンク色の着物で、柄も全然、本当は違うの」

CGとか、そういうことかな――、とまず思った。

着ていなかった振袖を、実際に着たものの上にデータ上で加工する。私が知らないだけで、そういうサービスをしてくれる業者がいても今の時代ならおかしくない。

思ったけれど、私がそう聞くより先に、紅茶をカップに注いだスミちゃんが話し始めた。

「うちの親、さっきも言ったけど、すごく抑圧的な子育てをする人だったのね。親の立場は絶対、子どもの立場も絶対。家族の関係性も絶対だから、何があっても、子どもの気持ちが自分から離れることもないと思ってる。――親というか、まあ、母だけど」

スミちゃんの目が、テーブルに置かれた自分の成人式の写真を見る。藤色の着物を着たスミちゃんと、その横に立つお母さん。

「昔から他の家よりも厳しくて、漫画もゲームも禁止。テレビは母が許してくれたものだけ観られるっていう感じ。母自身がそんなにテレビを観ない人だったから、観たいっていう気持ちがそもそもわかんなかったんだろうなぁ。おやつも、チョコレートやジュース、ガムは禁止で、風邪を引いた時ののど飴とトローチだけオーケー」

「トローチ」

それはお菓子に分類されるのだろうか。呟くと、スミちゃんがにこっと笑った。

「抑圧って怖くてさ。風邪の日に許可されたトローチが嬉しくて、飴にも甘いものにも免疫《めんえき》なかったから、処方されたその日のうちに全部舐《な》め切っちゃって母にめっちゃ怒られたよ」

「あれ、微妙に苦くない？」

「だから、そういう感覚が鈍くなるくらい甘いものに飢《う》えてたってことなんだと思う」

スミちゃんが紅茶を一口飲む。私にもカップを勧めながら、話を戻した。

「習い事にもたくさん通わされてたし、もちろん、そのおかげでピアノも習字もある程度できるようになったわけだから感謝しなきゃいけないんだろうけど、何かができてもあんまり褒《ほ》められた記憶はないな。自分の子どもを褒めないっていうのが美徳だったのかもしれないけど、できることはあまり見てもらえなくて、できないことに関してだけを嘆かれるような、そういう感じ。――勉強はできて当たり前。できなければ、『お母さん、あなたはもっとできる子だと思ってた』ってため息を吐かれる」

自分の子どもに対する「こうなって欲しい」が人一倍強い親だったのだと思う――、とスミちゃんは言う。

「すごく狭い範囲の、母の思う〝いい子〟像があって、それに合わせないと許されないの。習い事や勉強がどれだけできても、『どうしてもっと朗《ほが》らかで誰とでも仲良くなれる子じゃないの』って苛立《いらだ》ってる。今考えると、習い事に通ってみんなと放課後に遊んでる時間がなかったせいもあるし、仕方ないじゃないかって思うけど、〝そうあってほしいのに、どうしてそうじゃないのか〟ってよく怒られた」

真面目がすぎるくらいの、真面目な両親。特に母親、とスミちゃんが言う。

子どもにこうなってほしい、というのも、何も自分の見栄というわけではなく、真面目さの表れだったように思う、と。

「真面目な人って、義務が得意なんだよね」

「義務？」

「うん。すべきことを与えられるとそれは一生懸命、とにかくこなすことを考える。無駄がない質素な生活を心がけて、清く正しく生きることが得意。その逆で、苦手なのが娯楽や贅沢。何かを楽しむってことがすごく苦手」

それだけなら特に悪いことではない。むしろ、私たちが普段学校で教えているような道徳的な価値観だろう。

しかし、スミちゃんの家の場合はちょっと極端だった。

「たとえば、母は、着るものや食にそんなに興味がなくて。自分がそうだから、きっと子どもの私もそれで構わないと思ったんだろうね。だからこそ、私はお菓子がほとんど禁止だったんだろうし、洋服も母の知り合いのところからもらったおさがりが多くて、結構な年になっても、買うことはもちろん自分で選ばせてもらったことも一切なかった」

お菓子は、家に遊びに来る友達に対して恥ずかしいことも多かった、という。普段、友達の家に行くと、ビスケットやチョコレートを出してもらっているのに、うちでは何も用意できない。勇気を出して母親に頼むと、「おじいちゃんにもらった干し柿があるでしょ」と言われた。

「――虫歯になるから食べさせたくない。お菓子をほしがるような子になったら困るって言われたんだけど、それがもうなんていうか、強迫観念の域なんだよね。子どものためにって本人も真剣に思ってるんだけど、母が真面目教っていう宗教みたいなものに入ってて、その教義に付き合わされてる気分だった。そんな時、よくこう思ったんだ。いっそ、この人が継母《ままはは》だったらいいのにって」

昔を思い出すように、スミちゃんがまたため息をついた。

「よく、言うことを聞かない子どもに対して『お前は橋の下から拾ってきた子だ』って言って脅かす――みたいな話を聞くでしょ？　うちは両親からそんなことを言われたことはなかったけど、本当に継母だったらいいのになって思ってた。どこかに本物の優しい、子どもの話もちゃんと聞いてくれるような母親がいて、今の母が継母だったならいいのにって思うのに、残念ながら顔がそっくりだからそれもないわけ。友達から、スミちゃんとお母さん、同じ顔だねって言われるたびに、傷ついたなぁ」

彼女の家は、父親も母親もスミちゃんと同じ教師だ。生まれ故郷のS町という町の近くで、ともに小学校の先生をしていた。共働きで、経済的に不自由していたということもなく、だからこそ理不尽さは募った。お母さんのことを〝真面目教〟だとしか思えなくなった。

「たとえばね、家族旅行に行くとするじゃない？　それもね、なんか義務なんだよ。修学旅行や研修旅行みたいに、夏のその時期だから、一度は行事としてやらなきゃいけないっていう、ただそういうものだからって感じ。旅行先は国内の車で行ける範囲のところが多かったんだけど、ホテルについてまず、母が言うのね。これでご飯が困らないわね。――すぐ近くにスーパーが見えたから、よかった。

「どういうこと？」

真剣にわからなくて私が言うと、スミちゃんが苦笑した。そして答える。

「言ったでしょ？　母は食に興味がないから、食事を楽しむって考えがそもそもないの。それは旅行先でも同じ。私たちが修学旅行で子どもたちにご飯を食べさせる場所を確保しなきゃって行程を練るように、食事も義務なの。ご飯は食べられればそれでいいし、一番困るのは食べられる場所が見つからないこと。旅行先でも、スーパーでお弁当やお惣菜を買ってきて、部屋で食べるのよ」

絶句する。なんのための旅行なのか――と思っていると、スミちゃんがまた微笑んだ。

「真面目に家族旅行をしちゃうの。楽しむための旅行じゃなくて、旅行のための旅行。他にも、せっかく旅に来てても、うちの周辺にあるのと同じファミレスに入っちゃったりする。――まあ、子どもの頃だからファミレスは好きだったし、うちは普段はなかなかそういうところにも行かない家だったからその時はそれで嬉しかったんだけどね。とにかくそんなふうに、うちは楽しむことへのこだわりがすごく薄い家だったの」

　真面目ってすごいよ、とスミちゃんが言う。

「楽しむことが悪っていうのは、すごく損。ファミレスで、食べたごはんがおいしかった時に、母たちにも食べさせたいと思って、『一口食べる？』って聞いたら、顔をしかめて『食べきれないなら残せばいいじゃない』って言われる。――娘が、おいしいものを親と分け合ったら楽しいって思う気持ちが一切理解できないんだよね。それと同じで、学校から地域のクラシックコンサートなんかのお誘いが配られた時にも、クラシック、私は退屈だけど、母は聞いてたことあったし、好きかもって思って、『お母さん、行く？』って聞いたことがあったんだけど」

　行ってもいいよ、とお母さんは答えたと言う。

「行きたいわ、でも、行こう、でもなく、『行ってもいいよ』。楽しいことであっても全部、義務っぽいんだよね。義務なら仕方ないから〝楽しみに行ってもいい〟っていうそういう感じ。だから、こっちも自然と誘う気が失せるし、母とはどんどん会話ができなくなっていった」

　スミちゃんのお父さんはおとなしい人で、お母さんのように子どもに考えを押しつけることはなかったそうだが、同じように真面目で、お母さんの決めたことに従ってしまう。とはいえ、娘と二人だけで出かけた時にはスミちゃんにこっそりアイスを買ってくれたり、飲んでいた缶コーヒーを分けてくれたりして、スミちゃんはお父さんにはよく懐《なつ》いていた。

そんな〝義務〟の一つだった家族旅行も、スミちゃんが成長するにつれだんだんと様子が変わってきたそうだ。ただし、スミちゃんが、親と旅行という年でなくなっても、両親は家族旅行の〝義務〟を放棄しなかった。

家族なんだから一年に一度は旅行する。スミちゃんにはうんざり思えることもあったが、そういうものか、と付き合っていた。

しかし、高校三年、受験生の年。夏の旅行を決めたから——と告げられ、お母さんに言われるがままにしたくをしていると、部屋にやってきたお母さんが急にスミちゃんにこう言った。

——ねえ、あなた、受験の年に旅行なんてしていていいの？

そんなことを言われても、誘ってきたのは当のお母さんなのに。スミちゃんが絶句していると、その時は、たまたま話を聞いていたお父さんがかばってくれた。

——お前が旅行に行こうって決めたのになんでそんなことを言うんだ、この子がそれで行かないと言い出したらどうするんだ。

スミちゃんはあまりにも腹が立ったので、言い合う両親を残して部屋を出た。すると、お母さんが金切声でこう叫ぶのが聞こえた。

――だって、勉強してる様子がないんだもの。受験に成功してる子たちはもっと勉強してると思うのに。

私の母は自分の不安をそのまま子どもにぶつけてしまう人なんだ――と、そう思った。

受験生の年、早く寝た日は「受験生の寝る時間じゃない」と叱られて起こされ、遅くまで起きていると「いつまで起きてるの。明日の授業は大丈夫なの」と叫ばれる。矛盾したルールはお母さんの中にしか正解がなかった。

しかし、その時もお母さんはこう言うことをやめはしない。すべてはあなたのためを思って言っているのだ、と。

「今考えると、お母さんって、その家のルールそのものなんだよね」

スミちゃんが深く息を吐いて言った。

「お母さんがどんな考えなのかっていうのが、その家のあり方を決める。それはきっとどの家でもそう。だから、その母親が世間知らずだったり真面目教だったりしても、その家ではその法律で生きてるから、それが当たり前になっちゃう。しかも、言葉だけだと『真面目』は清く正しい、推奨される考え方だから、そのことをどうおかしいのか、子どもの頃の私じゃ説明することもできなかった」

それでも心の中ではお母さんに対する反発は強まるばかりだったと言う。しかし、親は親、子どもは子どもという感覚の強い住吉家には、親を間違っていると言える雰囲気はない。

お母さんのルールでがんじがらめになっているこの家から出たい。自宅から離れた大学に進学するしかない、と思った。

スミちゃんの両親は、スミちゃんがいずれ自分たちと同じ道を歩くに違いないと信じて疑っていなかった。実際、親子何代にもわたって教師の家というのは多い。スミちゃんの親も、娘は地元大学の教育学部に進学するものと思っていたようだったが、スミちゃんはそれよりも難しいと言われる、他県の国立大学の教育学部を受け、合格した。――私たちが今住んで、教師をしているこの土地だ。

どうして地元じゃダメなんだ、とこれはお母さんだけではなくお父さんからも言われたそうだけれど、難関校に合格したということで高校の先生たちも祝福してくれ、両親もそうされるとまんざらでもなかったようで、スミちゃんが家を出ることを許してくれた。

「でもまぁ、そうやって一人暮らしをすることも許してくれたし、学費も出してくれて、そのうえ生活費の仕送りだってしてくれた。いい親なんだよ。感謝してるし、少しくらいのことを不満に思う私の方が恩知らずなんだと思う。だからあんまり、人に母への不満について話したことなかった」

その〝少しくらいのこと〟は、たとえば、スミちゃんの一人暮らしに際し、お母さんがスミちゃんに何の相談もなく、家具や家電を一式、無断でリサイクルショップでそろえてしまったり、入学式に際してスミちゃんがおこづかいで買ったスーツのスカートに浅くスリットが入っていることを、「そんなひねたスーツ、困る」と怒ったり――ということだったそうだ。

スミちゃんが、このスーツは私が好みで選んだもので、むしろこのデザインがいいと思った――ということを話すと、翌日、お母さんはスーツのスリットを裏側から縫って、なくしてしまった。驚くスミちゃんにお母さんは笑顔で、「これなら着られるね」とほっとした様子だったという。お前の選んだこのデザインと色で、スリットもない状態でちゃんと着られるよ。あのスリット、邪魔だったもんね――と。

スミちゃんは、入学式でスリットがなくなった状態のスーツを着た。当日の写真を、お母さんが親戚に「このスーツ、なんかスリットが入ってたんだけどね、私が縫い付けたの。ね、そのほうがいいでしょ？」と自慢げに話していた。

衝突するたび、スミちゃんはいつも「私はいつまでお母さんの娘でいればいいのって思ってた」と言う。

しかし、大学に進学してしばらく、スミちゃんはようやく手に入れた自由を楽しんだ。

お母さんがそろえた家具は、色合いがちぐはぐだったり、ファミリー向けのせいでやたら大きかったりしたけれど、「だって大学の間使うだけなんだし」と安いことだけは安かった。この時もお母さんは、娘の一人暮らしを整える、という〝義務〟を忠実にこなしたのだ。

スミちゃんはそれらの家具を、自分のバイト代などでだんだんと取り換え、部屋を自分らしくしていった。とても楽しかった、という。

「あとは、生まれ故郷を離れたことで、母が生きている世界が実は狭かったんだろうなってこともわかっちゃったんだよね。親だから偉いと思わされてたし、支配されてきたけど、それって母の偏《かたよ》った常識や思い込みに過ぎなかったんだなって」

そんなふうにスミちゃんの生活が少し変わり始めた大学二年生の時、お母さんから一本の電話がかかってきた。

「それが、成人式の着物のことだったの」

スミちゃんが少し、目を細めたように見えた。

二十歳の誕生日が近づくにつれ、スミちゃんの一人暮らしの部屋にも、貸衣装や着物メーカーから案内のハガキが多く届くようになっていた。スミちゃんは着物に詳しいわけではなかったので、着物にかかる金額を見てびっくりした。買うだけではなく、借りるだけでも何十万というお金がかかる。

当時のスミちゃんの同級生の中には、お母さんも本人も着道楽という家も多く、その子たちはみんな「母が昔から付き合いのある呉服屋さんが、実家に寸法測りに来るんだ」などと嬉しそうに話していた。

ただ、スミちゃんは、最初から成人式の着物に対しては特にこだわりがなかった。七五三以来着物を着たことはなかったし、日常的に誰かが周りで着ているという環境でもない。成人式の一度しか着ない振袖に何十万ものお金をかけるというのも、スミちゃんの中には抵抗があった。

親に用意してもらえるだけありがたい、という気持ちで、贅沢を言う気はなかったし、送られてくる貸衣装のカタログにもかわいいものが多い。うちならきっと、この一番低い価格帯の中から好みの色を選ばされるんだろうなぁと漠然と考えていた。着物なんて、どれも似たり寄ったりじゃないか——とも、思っていたという。

お母さんから電話があったのは、そんな頃だ。

「成人式の着物を選ぶから、帰ってきなさい」

他の子と同じように、そう言われた。しかし、その後にスミちゃんのお母さんは思ってもみなかった言葉を続けた。

「買ってあげるから」と言ったそうだ。

もともと、娘の成人式には振袖を買おうと決めていたのだと言う。

「どうせ借りたってお金はかかるんだし、着物だったら、いとこに貸してあげることだってできるでしょう？　あんたには、年下の女の子のいとこも何人かいるし、七五三の着物だって、うちのをよそに貸してあげたこともあるし」

驚きつつ、日程を合わせて帰省する。昔からひいきにしている老舗《しにせ》——というわけではなかったけれど、県内で一番大きなデパートに入った呉服屋に、お母さんと着物を見立てに行った。

三十万円、という予算を伝え、好きな柄や色合いを、心得た様子の店員さんに何着か見せてもらう。

　実際に着物を見てみると、ただカタログを眺めていた時とは大違いだった。どれも似たり寄ったりだなんてとんでもない。いい着物は光沢や生地の風合いからして違うし、同じ価格でも、好みかどうかは見てみなければわからない。生地を当ててみて、自分の顔回りが急に華やかになって「似合う」と感じることもあれば、写真で見ていた分には色や模様は好みだったけれど、自分には合わない、と思うこともあった。

　その中で、スミちゃんが巡り合ったのが、あの、藤色の着物だった。

「自分にはきっと、はっきりした色は似合わないだろうから、ピンクとか水色とか、薄い色だろうな、と思ってたの。だけど、見た瞬間、ああ、こんな色もあるのかって、比喩じゃなく、その着物に目が釘付けになったんだよね。一着だけ全然違って、売り場で光って見えた」

　藤色のその着物は、美しい色合いだが、いざ袖を通してみると似合う人があまりいないのだ、と店員さんに言われた。もし似合ったらラッキーですよ、と。

　そして、その着物は、あてた瞬間、これまで試着したものの中で一番、自分にしっくりきた。店員さんからもお母さんからも「いいね」と褒められた。

「数年前の在庫から出てきたお値打ち品で、本来の販売価格の半値以下にしてるって言われたこともあって、すっかりその気になっちゃったの」

スミちゃんは上機嫌でその着物に決め、次に帯や小物を見せてもらうことになった。

何枚かの帯を試す中で、「あと、予算は少しオーバーしますが、こちらの帯もとてもステキです」と店員さんが新しいものを持ってきた。いやそれは——とスミちゃんが断ろうとすると、背後にいたお母さんの方が「まあ！　素敵」と声を上げた。

「帯のこの模様なんて、着物の藤棚の模様とすごく合うじゃない。少しくらい予算が出ても大丈夫だから、これにしたら？」

目を丸くするスミちゃんの横で、店員さんが「お母さまも着物がお好きなんですね」と声をかける。すると、お母さんが照れたように微笑んだ。

「ええ。実は大好きなんです」と。

「そんなに高いものじゃないんですけど、若い頃は自分でも何着か買ったり、着付けを習いに行ったりしました。ああ、こっちの半襟《はんえり》もすごくいいですね」

そんな話は一度も聞いたことがなかったスミちゃんはとても驚いたが、そのすぐ後で、胸があたたかくなるのを感じた。

自分も着物が好きだからこそ、娘の成人式にはレンタルじゃなくて買うと決めていたのかもしれない。何年も前から、自分の知らないところでそう決めてくれていた。

自分の知らなかった母の一面を見られたような気がして、それからすごくうれしくなった。

三十七万円、というお金をかけて、スミちゃんは着物を買ってもらった。

会計の時、照れくさく思いながら、「ありがとう」とスミちゃんが言うと、お母さんが笑った。

「せっかくだから、お友達の結婚式があったりしたら、この着物、着ていきなさいね。成人式だけじゃもったいないし、ただ箪笥《たんす》の肥やしにするのも惜しいから」

「わかった」

そんなふうに言うのは、いかにも〝真面目教〟の母らしい考え方だと思ったが、その日ばかりは悪い気はしなかった。何より着物の世界がこんなに楽しいなんて知らなかった。自分でも着られるように着付けを習う人の気持ちが初めてわかったし、大学の近くで習えるところを探してみようとも思った。

母に言われるまでもない。すごく気に入ったから、これから何か機会があれば、できるだけこの振袖を着よう、と思った。

「その時にね、デパートのカードを作ったの」

スミちゃんが言う。

「デパートのポイントカード。うちの母は真面目な人だから、子どもがクレジットカードを持つことなんかには反対だったんだけど、お店の人から、だったらクレジット機能のないポイントだけが溜まるカードを作ったらどうですか、って薦められたの。高い買い物だし、今日の分だけでも二万円近く溜まるから、もったいないですよって」

そして、真面目な人には、この「もったいない」というセリフは覿面《てきめん》に効くのだという。

「得をしたいっていうがつがつした気持ちはないけど、せっかくもらえる権利を放棄するってことは苦手なの。少なくともうちの母はそうだった」

スミちゃんのお母さんは、ポイントカードを作った。そして、驚いたことにそのカードを娘の名前にして、スミちゃんにそのままくれたのだという。

「自分はこんな遠くのデパートまで買い物に来ることはもうないだろうし、その中のポイントごと私にあげるから、今後何か買ったらって。それを聞いて、ああ、確かにうちは間違ってもデパートで服を買うなんてことはない家だったのに、今日は来てくれたんだって、改めて嬉しくなった」

ポイントカードのおかげで思わぬお小遣いが手に入ったことも嬉しく、自分用に着物が仕立てられるのを楽しみに、帰宅した。お盆の帰省に合わせて帰ってきていたので、数日後には大学のある町に戻るつもりだった。

しかし、話はそれだけでは終わらなかった。

「着物を買った、確か二日後だったかな？　大学に戻る準備をしていたら、母が急に声をかけてきたの」

——ねえ、お母さん、あの着物、クーリングオフして返品してしまおうと思うんだけど、そうなるとあのポイントカードのポイントも返却しなきゃいけなくなるから、カードを返してくれる？

目を見開くスミちゃんに、お母さんが不安げに首を傾げて問いかける。眉間に皺《しわ》が寄る。

——あんた、まさかもう使ってしまったってことはないでしょうね。こんな短い期間に。

「なんで!?」

私の口から、思わず声が出た。本当に意味がわからなくて尋ねると、スミちゃんが「あはは」と笑った。何かを諦めたような、達観した軽い笑い方だった。

「すごいでしょ？　着物を買ってからずっと、そのことばっかり考えてたみたいなんだよね」


——あの着物、いとこに貸してあげればいいと思っていたけど、よく考えたら他の子たちにあの色が似合うかわからないし、着ないっていうかもしれないし。

——調べたら、十万円以内でレンタルできる業者も最近じゃあるみたい。

——クーリングオフしたそのお金で、あなたが卒業後、地元に帰ってきた時に、車を買ってあげる。中古車を買う資金にしてあげるよ。


「それ、相談なしで、お母さんが勝手に決めたの？」

「うん。着物より車の方がいいでしょ、っていう結論を聞かされただけ。私に話したのも、最初の一言の通り、ポイントカードのことが気になって話したって感じだった」

唖然《あぜん》としてしまう。やっとのことで、スミちゃんに尋ねる。

「クーリングオフってさ、悪徳業者に騙《だま》されたとか、そういう場合のための制度なんじゃないの？　高級布団を買わされるとか、健康グッズとか……。高齢者が強引に売りつけられたのを、家族が後でどうにかするとか、そういう時のためにあるんだと思ってた」

スミちゃんの着物の場合は本当にいいもののようだったし、向こうから強引に売りつけられたというものでもない。

すると、スミちゃんが首を振った。

「そう？　私の場合は、母のそのことがあったから、高額な買い物をした場合に思い直したり、後悔した時にも使っていい制度なんだって思ってたけど」

「いやいやいや、それはもうなんかちょっと……」

微笑んでそう言っているけれど、スミちゃんの使った「後悔」という言葉が切なかった。

娘の成人式の着物にお金をかけたことを、「後悔」する――。それは、とても寂しい考えのように思う。

「母の中でね、いとこに着物を貸すって考えが出た瞬間から、実はちょっと気になってはいたんだよね。いとこたちにだって好みがあるし、似合う色も違うのに、母の中では、七五三をしてた七歳くらいの時と同じく、ただ着物はあればいいもので、成人式もこなさなきゃならない〝義務〟なんだなって」

真面目なの。

何度目になるかわからない言葉を、スミちゃんが口にする。

「〝真面目教〟の人たちは、贅沢するのが苦手なの。一回限りの成人式にこんなにお金を使っていいのかっていう教義に反する罪悪感に耐えられなかったんだろうね。後からじわじわ後悔が始まって、返品できるって考えに取り憑《つ》かれたら、クーリングオフの期限が来る時までに決断しなきゃって、そうとしか考えられなくなったんだと思う」

「でも、スミちゃんは、その後もその着物、着ようと思ってたんでしょ？　着付けだって習おうとしてたし……」

「だけど、それも母に言われた」

――いくら好きでも、実際は着るたびに準備が必要だから大変だし、着なくなると思うよ。

――でもじゃあ、着付けだけは習うなら習えば？　お母さんの友達でできる人がいるから、頼んであげるわよ。

実は着物が好きで——と、店員さんに明かしたのと同じ人とは思えない発言だった。お母さんの中で、着物の件はどこまでも一人で勝手に進められ、その思いは自己完結していた。そこに、スミちゃんの気持ちは微塵《みじん》も考慮されていなかった。

「それで、どうしたの？」

心臓が痛くなってくる。尋ねると、スミちゃんは今度も明るく首を振った。

「どうもこうもないよ。もともとお金を出したのは母だし、着物は返品。——母から、『レンタル業者のところに一緒に行く日程を決めたいから、次にいつ帰ってこられるか、予定を教えて』って平然と言われて、それでおしまい」

「お母さん、謝らなかったの？」

「謝らなかった」

スミちゃんが毅然と言う。

「親は親。子どもに謝る必要なんか、母にはないの。第一、母は私のために車を買うことにしたんだよ。私のためにそうしたと思い込んでるわけだし」

「スミちゃんは、その時に何も言わなかったの？」

「一言だけ、言ったよ」

「なんて？」

「『私、嬉しかったんだよ』って」

うちはどうせレンタルだろうと思っていたのに、お母さんが自分の成人式に着物を買うと言ってくれた――、予算を多少オーバーしてもいいものにしなさいと言ってくれた――、着物を選ぶことで思いがけず若い頃のお母さんの知らない一面を見ることができた――。

それなのに、その嬉しかった気持ちがなかったことにされてしまう。それどころか、受けなくてよかった傷が、スミちゃんの心に残ってしまう。

娘の一言にお母さんがどう答えたのかは、覚えていないという。

「母にしてみれば、娘に将来的にも感謝される大事な機会を自分で潰したようなものだよね。それを考えると、残念でならない」

他人事のようにスミちゃんが言う。

スミちゃんはその後、別の日程を取って、レンタル業者に着物の予約に行った。たくさんある着物の見本の中でも、彼女の目は自然と藤色の着物を見てしまう。少しでもあの着物に近いものをと思ってしまうのだが、そうなるとかえって細かい差異が気になった。あの着物に比べると、柄が小さすぎる、配置が悪く思える、色もこんなに濃くなかった――。

結局、藤色の着物は候補から外し、まったく違う、ピンク色の着物を選んだという。

成人式にも、その着物を着た。

そう聞いて、私は狐につままれたような気持ちになる。涼しい顔してそう語るスミちゃんに、「え、でも……」とやっとのことで疑問を口にする。話の途中から、本当はずっと気になってたまらなかった。

テーブルの上には相変わらず、スミちゃんが藤色の着物を着た写真が置かれている。

「その話……、どこかで藤色の着物がちゃんと戻ってきましたって話じゃないの？私、そうなんだろうと思って聞いてたんだけど……」

「うん。そうなの。着物は返品して、成人式にも戻ってこなかった。そのはず、だったんだけど」

スミちゃんの手が写真を摑む。そして、言った。

「戻ってきたの」と。

「あれから何年も経ってから、着物が戻ってきた。私が不思議な話って言ったのは、そのこと」

　では、この写真は成人式当日に撮ったものではないのだろうか。戻ってきた着物を何年かしてから着たということだろうか。

　私の疑問をよそに、スミちゃんが話を続けた。

「私が本格的に家を出ようって決めたのは、着物をクーリングオフするって言われたその日だったの」

　――クーリングオフしたそのお金で、あなたが卒業後、地元に帰ってきた時に、車を買ってあげる。中古車を買う資金にしてあげるよ。

　お母さんにそう言われ、スミちゃんは思い知った。大学は外に出ることができたけれど、お母さんの中でスミちゃんはいずれ、実家の、自分たちのもとに帰ってきて当然と思われている。むしろ、その中古車を誘い文句に帰ってくることだってあると信じ込んでいる。

　価値観が違うことを、想像すらしてもらえない。

　嬉しかったのに、それをだいなしにされた娘がどんなことを思うのかも想像しない支配が、続いてしまう。

　この気持ちを絶対に忘れないようにしようと思った。

虐待されたわけじゃない。学費も生活費も出してもらった——、そう思うけれど、許せないという気持ちは残り続けた。今度許してしまったら、ずっとこんなことがすべてにおいて繰り返されてしまう。

このお母さんから逃げたい、と切に思った。

成人式には、母親に言われた業者でレンタルしたものを着て、出席した。実家にも帰った。とはいえ、当日のスミちゃんに笑顔はなかったし、ましてお母さんの横で笑顔など絶対に見せてやるものかと思った。その様子は、当日一緒にいた友達からも「元気がないけど大丈夫？」と心配されるほどだったそうだ。

これまでされてきた理不尽に対する怒りが、着物の一件で限界を超えたのだ。

「本当は大学に入学してすぐにそう思ってもよかったんだろうけど、私の中にも甘えがあったんだと思う。成人式の時に戻っちゃったのもそのせい。だけど、それじゃダメなの。自分で本格的に断ち切りたいと思わない限り、支配は続いちゃう。親は親、子どもは子どもの関係に向こうが持ちこんでくる。こっちの人権なんて考えてもらえない」

成人式の当日お母さんと撮った写真を、この気持ちを一生忘れないために、と一枚だけ持って出た。大学のある町に戻り、そして、大学を卒業しても、実家には帰らなかった。就職活動も大学のあるこの県で教員採用試験を受け、就職して実際に教師として働き始めてからも、家には戻らなかった。

お母さんからは何度も電話があったが、取らなかったし、手紙があっても返事を書かなかった。直接訪ねてくることも考えて、就職してすぐ、引っ越した。

極端に実家との接触を避けた。自立して一人で暮らすのだと決意し、そして、実際、お母さんのことを考えても動じなくなってきた。

「そうしたらね、しばらくしてこの写真に変化が起こり始めたの」


家を引っ越した直後から、その変化は始まったそうだ。

実家の両親に引っ越し先を伝えないことに対しては、後ろめたい気持ちもあった。けれど、その頃かかってきた母親からの電話を無視し、いろんな思いを断ち切って、結局、連絡をせずに住居を変えた。そこにはもう二度と実家に帰らない、という固い決意があった。

「引っ越してすぐに、この写真にね、お茶をこぼしちゃったんだ。わざとじゃなかったんだけど、置きっぱなしにしてたペットボトルが引っ越しのどさくさで開封した荷物の上に倒れて」

スミちゃんはあわてて写真を拭いた。タオルで軽く表面を拭う。写っていた自分の顔の上をすっとなぞると、そこで、おや、と思った。

まず、気付いたのは表情だ。

写真の中の自分を見つめる。私の顔、あの日、こんなふうだっただろうか。

成人式当日、怒って、無表情だったはずのスミちゃんの顔が、そう不機嫌な顔でもなくなっているような気がした。まるで、お茶と一緒にあの日の不機嫌も表情から拭われたような――そんな印象だった。

「はじめは気のせいだろうと思ったの。でも」

気になって、日を置いて見てみると、今度は写真の中の自分の口元が違う。口角を上げているように見える。それは、笑っているようにさえ思えた。

おや――、と思って、そして、気づいた。

着ていたピンク色の着物の色が薄くなっている。薄くなった肩口のあたりに何か模様が見える気がする。上のピンク色が水に滲《にじ》んだように透け、その下に何かが沈んでいるように見える。

こぼしたお茶の色素のせいでそう見えるのだろうか。色が沈着してしまったか、お茶のせいで画像が掠れたり薄まったりしたのか、と目をこらす。しかし、そうではなかった。

ピンク色の着物の下に何があるのか。わかった瞬間、スミちゃんは息を呑んだ。

藤棚だ。

いつか着た、あの藤色の着物に見たつぶらな花が、写真の自分の着物の奥に写っている。スミちゃんは夢中で、食い入るように写真を見つめた。毎日、毎日、仕事から帰ってきたらまず、その写真を見る。

着物のピンク色は、もうしっかりと薄まっていて、下に淡い青みが差している。藤色が滲んで、上の色を拭い去っていく。

着物の肩口に、藤棚の美しい花が咲いていく。ひとつひとつ、盛りを迎えたように。

写真のスミちゃんの顔は、その頃にはもうはっきり笑顔になっていた。

写真の現実が、実際の成人式を塗り替えていく。それは、お母さんがただ義務のように用意した大学の一人暮らしの部屋を、自分で家具や家電を買い替えて自分らしくしていった、あの時の様子を彷彿とさせた。

スミちゃんが、実家に戻らなくなって五年が経った頃、写真はすっかり別物になった。

「どうしてそんなことが起きたのかは、今もわからないままなんだけどね。ともかく、そんなふうにまずは写真が変わり始めたの。私が望んだとおりの成人式が、この写真の中ではその通りになった。しかもそれは――」

スミちゃんが深く息を吸い込んだ。写真の表面を静かに撫でる。

「写真の中だけに、とどまらなかった。現実が、写真に沿って少しずつ、今度は変わり始めたの」


そう感じたきっかけは、中学時代の友達の結婚式に招かれた時だったそうだ。

引き振袖の婚礼衣装を着たその子と高砂《たかさご》で写真を撮った際、「きれいな着物だね」と声をかけると、その子に言われた。

――スミちゃんの成人式の着物もきれいだったよね。薄紫色の。こんなきれいな色があるのかって思ったからよく覚えてる。

え、と言葉を失うスミちゃんだったが、その時は、おめでたい席でせわしくする新婦と長く話す時間はなかった。その子とは、確かに成人式に一緒に行った。スミちゃんがレンタルの着物に仏頂面《ぶっちょうづら》を作ってる際、横で「元気がないけど大丈夫？」と心配してくれたはずの子だった。

驚いたスミちゃんは、その日、列席した他の同級生にも尋ねた。成人式のこと、覚えてる？

――私が何色の着物を着ていたか、覚えてる？

何年も前のことだし、まして自分の着物ならいざしらず、人の着物のことなどはっきり覚えている友達はいなかった。しかし、逆に言えば、その日のスミちゃんの不機嫌を覚えている友達もいなかった。笑顔で写真を撮った、というような答えばかりが返ってきた。

そう聞いて、スミちゃんは初めて疑問を持った。

ならば、その子たちのアルバムに、自分の着物の写真は何色で写っているのだろう。理想的な、こうだったらよかったのに、という成人式は、この写真一枚だけで起こっているわけではないのか。

この写真一枚の変化をきっかけに、写真に引きずられて、現実のみんなの記憶が改《かい》竄《ざん》されたのだとしたら――。

そんなことない。

そこまでバカげたことがあるわけない。

そう思いながらも、胸がドキドキしていた。バカげたこと、というなら、バカげた不思議なことはもう写真の中で起こってしまっている。

確かめたい、という気持ちを抑えることができなかった。

「それで、数年ぶりに実家に帰って、確認してみることにしたの。――このアルバムはその時の。実家の両親が整理していたのを、記念にもらってきた」

「――どうだったの？」

「見ての通り。中に写ってる通りだよ」

スミちゃんが微笑み、私がアルバムをめくる。

写真の中のスミちゃんは、藤色の着物を着ていた。どの写真もそうだ。表情だって仏頂面のものは一枚もない。

スミちゃんが言った。

「あの写真一枚だけじゃなくて、実家にあった他の写真も全部変わってた。あの写真の変化をきっかけに、現実の方がそれに引きずられてすべてその通りになったの」

その日、スミちゃんはアルバムの中を確認してすぐ、実家であるものを探した。

写真の中、みんなの記憶――、現実が、あの着物の存在を軸に変わり始めたのだとしたら。

両親の寝室にあった桐簞笥の中を確認する。するとそこに——着物があった。

藤色の、あの時買い損ねてしまったはずの、成人式の着物が。

きっとそうだろうと思いつつも、半信半疑だったスミちゃんが茫然《ぼうぜん》と畳まれた着物を眺めていると、部屋に入ってきた両親が「どうしたの?」と声をかけてきた。立ち尽くすスミちゃんの背に、そしてこう、声をかけた。

——中学の友達の結婚式、この間、あったんでしょ? どうしてそれ、着ていかなかったの? 着ていったらよかったのに。

藤色の着物は戻ってきたのだ。

数年経って、今度こそ、スミちゃんの手に戻ってきた。

「とまぁ、そんなことがあったわけ。信じてもらえないかもしれないけど、本当の話だよ」

語り終え、私のカップに紅茶の追加を注いでくれながら、スミちゃんが言う。その顔を見つめながら、私はしばらく迷ってから尋ねた。「それってさ」

「それって、その着物の力なのかな。古いものには何か不思議な力が宿るとか、そういうこと？」

「さあ。それはわからない。着物とか、和のものって確かにそういう雰囲気があるけど」

日本には、古く長く使ったものには神が宿る、という考え方がある。付喪神《つくもがみ》という概念があるくらいだ。着物の中の藤の花にしても、趣《おもむき》がある花だ。たくさん並んだ藤棚は、実際に見ても壮観だし、その下に花の精のようなものがいたって不思議じゃない雰囲気がある。

しかし、スミちゃんが曖昧に微笑んで否定する。

「ただ、着物自体は、デパートにも入ってる業者のそう高くない商品だし、いくらお値打ち品だって言っても謂《いわ》れがあるものじゃないと思うよ。アンティークってわけでもないし、そこまで古いものでもないと思う」

「じゃあ、スミちゃんの思い入れにその着物が応えたとか？　たとえ古いものじゃなかったとしても、思いが通じた、とか」

「さあ。着物のおかげなのか、この写真に力があったのか、それはわからないけど」

意外にもスミちゃんの口調は軽く、さらっと話題を流してしまう。「紅茶、お湯足してくるね」と言って席を立ち、物がすっかりなくなった殺風景な台所に向かう。

彼女の後ろ姿を見送り、私はアルバムに視線を戻す。

スミちゃんの今の話を信じたわけではなかった。

開いたままになっているアルバムの中では、藤色の着物を着たスミちゃんが、友達とピースサインを作っておどけて写真に写っている。それはとても自然な写真だ。

——だから、最初からそうだったのだろう、と思う。

最初から、スミちゃんはこの藤色の着物を着た。ピンク色の着物をレンタルしたという事実の方がなかった、と考える方が、今の写真の話よりはるかに自然だ。着物は返品しなかったし、不思議なことは何も起こっていない。そう考えれば辻褄《つじつま》が合う。

とはいえ、何だか少し怖くなってアルバムを手から離し、テーブルに置く。

問題は、どうしてスミちゃんがそんな作り話をしたのか、ということだった。彼女だって、こんな荒唐無稽《こうとうむけい》な話を私が本当に信じるとは思っていないだろう。一体、どんなつもりであんな話をしてみせたのか。

これは、お互いに信じないことを前提にした言葉遊びのようなものなのだ——そう割り切って、台所からポットを片手に戻ってきたスミちゃんに、私は首を傾げてみせた。アルバムではなく、一枚だけ挟まれていたあの写真を指差し、「でも意外」と口にする。

「スミちゃん今、あんなにお母さんと仲がいいのに、そんなことがあったなんて意外だよ。話に聞いてるだけだけど、スミちゃんのお母さん、おしゃれそうだし、いろんなレストランにも買い物にも一緒に行ったり、今はもう全然そんなそぶりないじゃない。さすが元同業者だけあってスミちゃんの仕事にも理解がありそうだし」

「ああ――」

スミちゃんがカップを置く。その目が遠くを見るようにゆっくりと細く歪む。どこかぼんやりとした目で、彼女が私を見た。そして言った。

「そっか。ヒロちゃんは私が社会人になってからの友達だから、知らないんだ。前の母のこと」

「え？」

「電話があったの。ある時。たまには帰ってきたらって、ママから。その電話があったからこそ、私はアルバムの写真を確認しに、実家のあるS町にだって戻る気になったのよ」

「……え？」

私が短く声を出した、その時だった。

テーブルの上が、ブブブブ、と小さく震えた。私は反射的にびくっと肩を震わせる。テーブルの上で、スミちゃんのスマホが震えていた。画面に電話着信の表示。相手の名前が〝ママ〟と表示されている。

スミちゃんがスマホを手にとった。

「ごめん、またママだ。ちょっと出るね」と立ち上がる。

スマホを片手に、スミちゃんが再び、廊下に出て行く。明るい声が、ちょっとー、どうしたの、ママ、まだ何か用だった？　と話しかけるのが聞こえた。

その声は、友達に話すように気安く、親しげだ。

ふいに、私の目がテーブルの上に残された写真に吸い寄せられた。

写真の中には、藤色の着物を着たスミちゃんがお母さんと写っている。お母さんと、腕を組んで、写っている。

その時に、あれ、と思った。

さっき、写真の中のお母さんとスミちゃんは、腕なんか組んでいただろうか。

お母さんがスミちゃんの肩に手を置いていた、仲がよさそうだなと思った。ずいぶんおしゃれで若々しいお母さんだなと思った。そこまでは覚えている。だけど、腕なんか組んでいただろうか。

そう思った時、耳元でふいに、声が弾けた。スミちゃんがさっき言っていたことだ。

——私が望んだとおりの成人式が、この写真の中ではその通りになった。しかもそれは——。

——写真の中だけに、とどまらなかった。現実が、写真に沿って少しずつ、今度は変わり始めたの。


写真を撮った時、スミちゃんの表情は仏頂面で、笑顔じゃなかった。自分を支配してきたお母さんの横で絶対に笑ってなどなるものか、と思っていた。

この写真には、最初から、お母さんが写っていたのだ。

私が望んだとおりの成人式。

それは、着物と、表情だけだろうか。

スミちゃんが、廊下で「だから、ママ」「そうだよ、ママ」と電話の向こうに話しかけるのが聞こえる。

そして、気づいた。話の間中、ずっと、違和感があったことに。

スミちゃんは、自分の母親をママと呼ぶ。その呼び方が、どうしてもスミちゃんの回想の中の〝母〟と一致しなかった。

写真を見る。

スミちゃんはさっき「前の母」と言わなかったか。

微笑んでいるスミちゃんと、横のお母さんと目が合う。まるで生きた人と目が合ったように、私の背筋をぞっと寒気が襲った。

――どこかに本物の優しい、子どもの話もちゃんと聞いてくれるような母親がいて、今の母が継母だったならいいのにって思うのに、残念ながら顔がそっくりだからそれもないわけ。

写真の中の二人は、あまり似ていなかった。

母と娘だと言われたら、確かにそうだろうとは思う。けれど、そっくりだというほどではない。

ふいに、竜之介くんのお母さんを思い出した。親は親、子どもは子ども。威厳を保たなければならない。

それは、スミちゃんの家の子育てと似ていた。

——〝そうあってほしいのに、どうしてそうじゃないのか〟ってよく怒られた。

そうあってほしいのに、どうしてそうじゃないのか。

それはそのまま、スミちゃんからお母さんへの気持ちだったのではないだろうか。どうしてうちだけがこんなに厳しいのか。他の家で許されることが許されないのか。どうして、うちのお母さんは、〝こうあってほしいのに、そうじゃないのか〟——。

さっき、スミちゃんはこう言わなかったか。

竜之介くんのお母さんの話を聞いて、私を慰《なぐさ》めるように、気軽な口調で。

——うーん。まあ、大丈夫じゃない？　そういうお母さんはきっとそのうちい、いなくなるよ。

「お待たせー。ごめんね。また電話。ママが、明日何か持って行った方がいいかって聞くんだよね。そんなの、引っ越しなんだから、物が増えるのよくないに決まってるのに」

場違いなほど明るい声がして、スミちゃんが廊下から戻ってくる。

「抜けたところがあって、うちのママ」

抜けたところや、隙なんてまるで作らなかったであろうお母さんと違い、ママにそうあってもらえることがうれしいように、スミちゃんが言う。

戻ってきて、彼女の目がふいにぼんやりする。また遠くを見つめる目つきになって、例の写真を手にする。

「どうしてだろう——」

彼女が言った。

「この着物の話をすると、必ず、今のママから電話が来るの」

三月の風が、彼女の呟きを攫《さら》うように窓の向こうからすっと吹き込んで、そして消えた。

作者の言葉　辻村深月

「アンソロジーの企画があるのですが、宮部さんからのバトンを受け取ってもらえませんか？」

講談社の担当者、O嬢からそうご依頼をいただいた際、気付くとまるで条件反射のように「やります」と答えていました。

私世代のミステリ作家で、“宮部さんからのバトン”という魅力的な言葉にときめかない人間が、果たしているものでしょうか。読み手側としても学生時代から大好きだったアンソロジー。執筆陣に並ぶ顔ぶれの中に宮部さんのお名前を見て本を買ったことも一度や二度ではありません。大人になってそれらの本の執筆の仲間入りができるなんて、信じられないくらい光栄です。

私からのバトンは薬丸さんが受け取ってくださる、と聞いていたのですが、執筆を終えてしばらくした江戸川乱歩賞のパーティーで、薬丸さんが「辻村さん、『ママ・はは』よかったです」と声をかけてくださり、そのこともまたその場で飛び上がりたいほど嬉しく、幸せを感じました。

普段は違う場所にいても、同時代に同じフィールドでともに走っている人たちが確かにいることが感じられるのが、アンソロジーの“バトン”のいいところなのかもしれませんね。

記念写真、ぜひ私も撮りたいです。

わたし・わたし

薬丸岳

女性店員からキャラメルバニラカプチーノを受け取り、わたしは店の奥に進んだ。喫煙室のドアを開けて中に入ると、手前と奥の壁際の席にひとりずつ男性が座って煙草を吸っている。奥の席に座っていた彼がこちらに顔を向けた。だがいつものような笑みはなく、すぐに顔をそむける。

わたしは彼に近づき、テーブルにカップを置いて向かいに座った。

彼はこちらに目を合わせようとはしない。顔を歪《ゆが》めながら壁のほうに目を向け、煙草の煙を吐き出している。

「遅くなってごめんね。駅のトイレが混んでて時間がかかっちゃった」

わたしが言うと、彼が苛立《いらだ》たしそうな手つきで煙草を灰皿に押しつけた。

こんな態度は初めてだ。

「ちょっとどうしちゃったのよ。二十分ぐらい遅れたからってそんなに怒らなくてもいいじゃない」

一応ラインには少し遅れるかもしれないとメッセージを入れておいた。

「別に怒ってなんかいないよ」

こちらを向いた彼の顔を見てはっとした。

左目のまわりがあざになっていて、口もとも腫《は》れ上がっている。

「どうしたの、その顔？」

「何でもないよ」

伸ばしかけたわたしの手を払い、彼がすぐに顔をそらした。

「何でもないってことないじゃない」

「話したってしょうがねえよ」

その呟《つぶや》きに寂しさを感じながら、彼を見つめた。

物音がしてドアのほうに目を向ける。カップを持った男性客が喫煙室から出ていくのが見えた。

「ごめん……」

その声に、彼に視線を戻した。

彼がこちらをじっと見つめている。

「頼りにならないとか、そういう意味じゃないんだ。だけど、話したってどうしようもならないから……」彼がそう言って顔を伏せた。

「いったい何があったのよ。話してよ」

「昨日、お金をなくしちゃったんだ。お金を入れた鞄《かばん》を電車の中に置き忘れて……すぐに気づいて駅員に探してもらったけど見つからなかった」

「いくらぐらい？」

「五十万円」

その金額にわたしは身を引いた。

「どうしてそんな大金を？　仕事のお金？」

「仕事……そう言っていいのかわからないけど……おれの金じゃないのはたしかだ」

「どういうこと」

わたしが問いかけると、彼が顔を上げた。

「おれ、きみに嘘をついてた。謝んなきゃいけない。今日呼び出した理由のひとつはそれなんだ」

「嘘って……」

「実は、おれ……振り込め詐欺《さぎ》をしてたんだ。出し子と言って、振り込まれた金を引き出す末端の役割なんだけど」

その言葉に衝撃を受けた。

「今まで黙っていたけど、おふくろが心臓の病気に罹《かか》っちゃって……」

「そうなの？」わたしは驚いて訊き返した。

「ああ。それまでの仕事は稼ぎが少ないから、おふくろの治療代や入院代を工面《くめん》することも難しくて。父親も兄弟もいないからおれが何とかしなきゃいけなかったからさ……」

「それで振り込め詐欺を？」

彼が頷《うなず》いた。

「ものすごく罪悪感があってつらかった。だけど……そんな思いをしながら入院代を工面していたっていうのにおふくろは……」彼がつらそうに顔を伏せる。

「お母さんがどうしたの？」

わたしが問いかけると、彼が目頭を押さえながら顔を上げた。

「一週間前に亡くなったんだ」

その話を聞いて、わたしは驚いた。

「どうして今まで黙ってたの」

たしかにこの一週間ほど会ってはいなかったが、ラインでのやり取りはしていた。でも、そんなことを窺《うかが》わせるようなメッセージはなかった。

「きみもいろいろつらい思いをしているから、おれのことでさらに気が滅入《めい》るような思いをさせたくなかったんだ。それにその話をするとしたら、振り込め詐欺から足を洗ってからにしようと思ったんだ。嘘をついていたことも含めてきみに正直に自分の思いを伝えようって考えていたから。ずっと仕事を探していたけど三日前に雇ってくれる会社が見つかった。建築関係の仕事で給料も条件もかなりいい。それで振り込めの人たちに辞めさせてくれるよう頼んで、昨日の出し子で最後ってことだったんだけど……」

「その人たちにやられたの？」

自分の顔に指を当てながら訊くと、彼が頷いた。

「一週間以内になくした金を返さなければ一生動けないからだにしてやるから、強盗でも何でもして金を持って来いって脅《おど》された。いや、相手はやくざだから脅しではなく本気なんだろう。だけどそんなことできるわけない」

「じゃあ、どうするの？」

「どうしようもないよ。東京を離れてどこか遠いところに行くしかないだろう。だけど住民票を移したらやつらに居場所を知られるから、まともな仕事には就けないだろうな。でも、たとえホームレスになったとしても犯罪者になるよりはましだ。もうあんな思いはたくさんだ」

うなだれる彼を見つめながら、かける言葉が見つからなかった。

何とかしてあげたいが、五十万円などという大金を自分も用意できない。

「わたしもそんなお金を用意するのは……」

そこまで言いかけたときに、彼がわたしの手を握り締めてきた。

「何か勘違いしてないか？」

彼に言われ、わたしは首をひねった。

「きみにお金を工面してもらおうだなんてこれっぽっちも思ってないよ。今日呼び出したのは今まで嘘をついていたことを謝りたかったのと、今までありがとうって言いたかっただけだ。それに……」

彼が上着のポケットに手を入れ、何かを取り出しテーブルに置いた。

シルバーのリングだ。

「来週の金曜日、誕生日だっただろう」

「わたしに？」

彼が頷いた。

「ずっとプレゼントを考えていたけど、そういうわけで今のおれには金がない。これはおふくろの唯一の形見なんだ」

「そんな大切なものもらえないよ」

彼が何度も首を振りながらわたしにリングを握らせた。

「きみに持っていてもらいたいんだ。安物だけど中に入っている小さなダイヤは本物だ。一緒にいられなくても、おれにとって一番大切な人だからきみに持っていてほしい」

彼の言葉を聞きながら、手のひらのリングをじっと見つめた。

たしかに表面に傷があり、内側も黒ずんでいる。

でも、男の人からリングをもらうのは初めてなのでとても嬉しかった。

「それだったら誕生日にちょうだいよ」

「もう会えないから」彼が寂しそうに首を横に振る。

「遠くに行くから？」

「それもあるけど、おれに逃げられないよう振り込めのやつらが見張ってないともかぎらない。一緒にいるところを見られたら、きみにお金を用意させようとするかもしれない」

たしかに十代の女であれば一週間で五十万円を稼ぐのも無理ではないだろう。

「これでお別れだけど、ひとつだけそのリングに誓ってほしい」

「何？」

「親や友人のことで苦しい思いをしてるのは痛いほどわかるけど、だからといって自分を傷つけるようなことはしないでほしい」

その日にあった嫌な出来事の愚痴をラインに書くと、彼はすぐに「会おう」と連絡してきて親身に話を聞いてくれた。

そんなことをしてくれたのは彼だけだった。

彼を失いたくない。前に何度もしたような気持ち悪い思いを数日我慢すれば五十万円ぐらいすぐに用意できる。

「じゃあ、そろそろ行くな」

そう言ってカップに伸ばした彼の手をとっさにつかんだ。

「何とかなるよ。大丈夫だよ」わたしは身を乗り出して訴えた。

「何とかなるって……」

「とにかく大丈夫だって。このリングは誕生日にちょうだい。その楽しみがあればどんなことだって……」

わたしはリングをつかんで彼の手のひらに置いた。

彼は無言のまま自分の手のひらを見つめ、顔を伏せた。

「ね？」

彼が顔を上げ、こちらを見た。目が潤んでいる。リングを握り締めると、弱々しく頷いた。

「何か食べに行こう。お腹《なか》減っちゃった。そんなにお金持ってないけど、いつもごちそうになってるから今日はわたしがおごってあげる」

わたしはそう言うと、二人分のカップを持って立ち上がり、ドアに向かった。

喫茶店を出るともうすっかり日が暮れていた。とぼとぼ歩く彼を促しながら駅前に向かった。

ふいに物陰からふたりの男が現れ、わたしたちの目の前に立ちふさがった。背広を着た人相の悪い男たちだ。

隣に目を向けると、彼が顔をこわばらせている。

振り込め詐欺の仲間だろうか。

「ちょっと署まで来てもらおうか」

男のひとりが手帳をこちらに示して言った。

警視庁と書かれたバッジがついている。

「何言ってるんですか。おれは何もしてないっすよ」

そう言った次の瞬間、彼が後ろに向かって駆けだした。だが、そちらのほうにもいた背広姿のふたりの男に捕まえられる。

「放せよ。おれが何したっていうんだよ！　人違いだよ！」

彼が男たちに抵抗しながら叫んでいる。目の前にいたふたりの男もそちらに駆け寄った。彼は四人の男に押さえつけられながら手を振り回して暴れている。

彼の手から何かが落ちるのが見え、カチンと乾いた音がした。

男たちに摑《つか》まれながら近くに停めてあった車に乗せられる彼を啞然《あぜん》と見つめた。

車がその場から去ると、彼が捕まえられたあたりに向かった。その場にしゃがみ込み、彼が落としたものを探す。

薄闇に包まれたアスファルトに視線を配り、落ちていたリングを見つけて拾い上げた。

いったいどういうことだろう。

どうして、彼が警察に——

振り込め詐欺に加担したことがばれてしまったのだろうか。

いや、そもそもあの男たちは本当に警察の人間なのだろうか。バッジのついた手帳を見せていたが、本物とはかぎらない。

これからどうすればいいだろう。

ふいに肩を叩かれ、どきっとした。顔を上げると、背広姿の男がこちらを見下ろしている。

「ちょっといいかな」

男に言われ、わたしは立ち上がった。

背の高い男がポケットから取り出した手帳をこちらに向けて広げた。先ほどの男が見せたのと同じバッジがついている。

「ぼくは錦糸《きんし》警察署の夏目《なつめ》信人《のぶひと》といいます。さっき車に乗せられた男性と一緒にいたよね」

穏やかな声音で訊かれたが、何と答えていいかわからず黙った。

「名前は？」

男の声を聞きながら、逃げられる隙《すき》がないかを探った。

「学生かな？　年はいくつだい？」

すぐそばでこちらの様子を窺っている背広を着た若い男の姿が目に留まった。どうやら仲間みたいだ。

「署のほうで話を聞かせてもらえるかな」

夏目はそう言ってわたしの腕をつかむと、若い男に目配せして歩きだした。若い男が少し離れたところに停めてあった車の運転席に乗り込んだ。夏目が後部座席のドアを開け、わたしを中に促す。隣に座った夏目がドアを閉めると、車が走りだした。

警察署に着くと一室に通された。ドラマなどでよく見るような寒々しい感じの部屋ではなくソファが置いてあった。

ソファを勧められ腰を下ろすと夏目が向かい合わせに座った。車を運転していた男はどこかに行ったようで、夏目とふたりきりだ。

「あらためて訊くけど、名前は？」夏目が少し身を乗り出すようにして訊いてくる。

わたしは何も言いたくないと顔を伏せた。

「正直に話してくれないとここから帰すわけにはいかないよ。親御さんだって心配するだろう」

心配するはずなどないと、わたしは思わず鼻で笑った。

親も、先生も、友人も、知り合う誰も、わたしのことを気にかけてくれる人はいなかった。

　わたしは膝の上でずっと握り締めたままだった右手をゆっくりと開いた。

　手のひらのリングを見つめ、唯一自分のことを気にかけてくれた彼の存在をあらためて確かめる。

「彼からもらったのかい」

　その声に、はっとして目を向けた。

　夏目がこちらを見つめている。

　警察官ということで警戒心を抱いているが、それでもこんな人が父親だったらいいのにと思わせる優しげな眼差しだった。

　夏目が醸《かも》し出す温かい雰囲気に触発されたのか、自然と頷いた。

「彼とどこで知り合ったんだい」

　その質問には答えたくなかった。代わりに訊きたいことがある。

「彼はどうして警察に？」

「詐欺の容疑で逮捕状が出てる」

「振り込め詐欺？」

「彼が言っていたのかい」

わたしは頷いた。

警察に彼から聞いた話をするべきかどうか迷ったが、少しでも擁護したかった。

「しかたなく出し子の仕事を始めたって言ってました。お母さんが心臓の病気になって治療代や入院代を稼がなきゃいけないからって。それでしかたなく……」

その話を聞いて夏目の表情が変わった。先ほどとはちがう悲しげな眼差しでこちらを見つめる。

「彼が言ったことは嘘だろう。とても重病を抱えているようには見えなかった」

「会ったことがあるんですか？」わたしは驚いて訊いた。

「三日前に宇都宮《うつのみや》にある彼の実家に行った。逮捕状が出たことを察したのか一週間前から行方《ゆくえ》がわからなくなっていたからね。もしかしたら実家に行って逃亡資金の無心でもするんじゃないかと思ってしばらく張り込んでいた」

「お母さん、生きてるんですか？」

夏目が頷いた。

「両親ともご健在だ。それにさっきしかたなく出し子の仕事を始めたと言ってたけど、彼の容疑はそんな末端じゃない。振り込め詐欺グループのリーダー格として行方を追っていた。仲間のひとりを捕まえて彼の居場所を吐かせると、今日の夕方に錦糸町駅周辺の喫茶店で誰かと待ち合わせするようだということで周辺を探していたんだ」

すべて嘘だったというのか。

わたしにかけてくれた励ましの言葉も、ひとりぼっちじゃないからと優しく抱いてくれたことも、わたしを騙《だま》すためにしたことだったというのか。

同情を誘うようなことを言ってわたしに稼がせようとするためだったのか。

いや、そんなことがあるはずがない。

きっと彼を陥れるために目の前の刑事がでたらめなことを言っているのだ。

わたしは絶対に信じない。

そう強く思いながら、わたしはリングを左手の薬指にはめた。ぶかぶかだった。

夏目に視線を戻すと、リングを見つめているようだった。

「若い女が好きな知り合いがいるから、今夜中に十万円ぐらいの逃亡資金は用立てられると彼は仲間に言っていたそうだ。彼からそういうことを強要されたんじゃないのか」

夏目の言葉を聞いて、目の前が真っ暗になった。

「彼は行方がわからなくなった直後、部屋にあったらしい時計や貴金属などをリサイクルショップに持ち込んでいる。その中にあったいくつかは汚れがひどくて換金できなかったそうだ。それはその中のひとつじゃないのかな」

急に指にまとわりついているものがけがらわしく思え、リングを外そうとした。抜けない。どうしたのだろう。

必死に取ろうとしたが、そうすればするほどリングに指を締めつけられるように感じた。

「どうしたんだい？」

その声に、夏目に目を向けた。

「何でもないです」わたしは答えながらリングを取ろうと力を込めた。

「本当？　顔色がよくないけど」

そう言ってこちらを覗き込んでくる夏目の姿がかすんで見える。


「大丈夫かい」

夏目は声をかけたが、目の前の彼女はうつむいたまま動かない。

恋人だと思っていた男に騙されていたと悟りショックを受けているのか。それとも気分が悪いふりをして何とかこの場から逃げ出そうと思っているのか。

だが先ほどリングを取ろうとしていた彼女の顔は尋常ではないほど蒼白《そうはく》だった。

心配になって肩に手を添え軽く揺すると、彼女がゆっくりと顔を上げた。

顔色の悪さはいくぶん治まっていたが、虚脱した表情に思える。

「調子が悪いんだったら病院に行こうか？」

夏目が訊くと、彼女がけだるそうに首を横に振った。

「だけどさっきも言ったけど、何も言わないままここから帰すわけにはいかないんだ。わかるよね？」

彼女はとろんとした目でこちらを見つめている。

「別にきみを罰しようというんじゃない。ただ、きみの身元の確認をしたいんだ」

彼女がゆっくりと頷いた。

「名前を聞かせてくれるかな」

「いちかわゆかり」彼女が言った。

「どういう字を書くんだい」

テーブルにあったメモ帳とボールペンを差し出すと、彼女が『市川由香里』と書いてこちらに返した。

「由香里ちゃんはいくつ？」

「十八歳」

本当だろうか。見たところ十四、五歳に思える。

「干支《えと》は？」

「寅《とら》年」

十八歳であればたしかに寅年だ。

「高校生？」

由香里が首を横に振った。

「今、どこに住んでいるの？」

夏目が訊くと、由香里が曖昧そうに首を振った。

「もしかして、家出？」

黙っている由香里を見て、そのようだと察した。

「親御さん、心配されていると思うよ」

夏目が言うと、由香里は何かを思い巡らすように視線をさまよわせ、殊勝に頷いた。

先ほども同じようなことを言ったが、あのときとは反応がちがう。

「実家はどこなの？」

「長野《ながの》……」

「実家の住所を書いてくれるかな。あと、ご両親の名前と電話番号も」

夏目はそう言いながらメモ帳とボールペンを渡した。由香里は思い出すようにしながらメモ帳に書いてこちらに渡した。

長野県小諸市《こもろし》——という住所と、市川俊太郎《しゅんたろう》という名前が書かれている。

「お父さんの名前？」

由香里が頷いた。

「お母さんは？」

「わたしが小さいときに出ていった。電話番号は忘れちゃいました」

「スマホ持ってないの」

夏目が訊くと、由香里が小首をかしげた。

「携帯電話」

「ああ……こっちに来てから手に入れたんで、家の番号は登録してません」

「そうか。お父さんは会社員かな」

「中学校で国語の教師をしてます」

「何ていう中学校かな」

「小諸西中学校」

「ちょっと待ってもらえるかな」

夏目は由香里に断りを入れて立ち上がると部屋を出た。ドアを閉める。スマホを取り出してネットにつないだ。中学校の名前で検索すると電話番号がわかった。

夏目は電話をかけた。

「はい。小諸西中学校です」

女性の声が聞こえた。

「お忙しいところ申し訳ありません。夏目と申しますが、市川俊太郎さんはいらっしゃいますでしょうか」

「少々お待ちください」

電話が保留になった。しばらく待つと「はい、市川ですが」と男性の声が聞こえた。

「わたしは東京にある錦糸警察署の夏目と申します。市川由香里さんという女性をご存知でしょうか」

反応がない。

「あの、もしもし――」

「由香里がどうしたんですか！」

いきなり大声が響いた。

「市川由香里さんという女性をこちらで保護しています。娘さんでしょうか」

「そうです！　由香里は……由香里は無事なんですか!?」

「ええ。今、由香里さんと話をしています」

「そうですか……すぐ……すぐそちらに向かいます。どちらに行けばいいんですか」

涙声になっている。

「東京の錦糸町駅の近くにある錦糸警察署です」

「わかりました」

電話が切れ、夏目は部屋に戻った。

「お父さんと連絡が取れた。これからここに来てくれるそうだ」

夏目が言うと、由香里が「そうですか……」と顔を伏せた。

「家に帰りたくないかい？」

夏目がそう言いながら向かいのソファに座り、じっとこちらを見つめてくる。

帰りたい――

十六歳で家を出てからずっと根無し草のようにさまよい続け、いいかげん疲れた。

「どうして家出なんかしたんだい」

夏目に訊かれ、答えに困った。

今から思えばたいした理由ではない。ただ、父の存在が疎《うと》ましかったのだ。

父は何事に関しても規律正しく、几帳面《きちょうめん》で、厳格だった。

教師という仕事柄なのかどうかわからないが、いつも自分や自分の家庭や娘がどういうふうに見られているのかを気にしていた。わたしに対するしつけも厳しく、事細かなことでいつも叱られた。

わたしだけではなく、母もそうだった。

母はそんな父との生活に息苦しさを感じていたのだろう。わたしが中学校に入ってすぐ、浮気相手の男と家を出ていった。

わたしはできれば母についていきたかった。だが、父は自分に親権を持たせなければ離婚には応じないと言ったそうで、母はわたしをつれていくことをあきらめたという。

母と別れてから、わたしに対する父の束縛はさらに激しくなった。

クラスメートの男子と一緒に帰っていると聞きつけただけで、烈火《れっか》のごとくわたしのことを叱りつけた。女友達と映画やショッピングに行くことさえ、保護者が同伴でなければ許してもらえなかった。

中学校の教師の子供が不良になっては困るという自己保身なのだろうが、そのせいでわたしのまわりには友達が寄りつかなくなり、寂しい学校生活を送らなければならなくなった。

「お父さんは自己保身のためだけにきみに厳しくしたんだろうか」

わたしの話を聞いていた夏目に問いかけられ、あらためて考えた。

「今は……今となってはそうは思いません」わたしは答えた。

母に浮気されたことで、自分の娘には変な男を寄りつかせたくないという思いが強くあったにちがいない。

その証拠に父との糸が切れたとたん、男たちの欲望の中をふらふらと漂い、あんな男に引っかけられてしまったのだ。

「ただあの頃はそう思っていました。高校に入ってからは父に対する鬱憤《うっぷん》が抑えようもなくなって……夏休みに学校の友達と一緒にバイトをすることにしたんです。もちろん父には内緒で」

ハンバーガー店のバイトであったが、今までに感じたことがないような楽しい時間だった。

「自分と同じ高校生だけでなく、今まで接したことのなかった年上の大学生やフリーターもいました。それぞれいろいろな夢や目標を持ってたりして、そういう話を聞くのがとても刺激的で楽しかった。それにわたしのお母さんと同世代の主婦の人とかも優しくしてくれたりして。だけどある日家に帰ったらバイトしていることを知った父にいきなり叩かれました。わたしの言い分など何ひとつ聞こうとせずに……それで……」

「家を飛び出した？」

夏目に訊かれ、わたしは頷いた。

「ええ。給料をもらったばかりだったので、そのお金を持って。二年前の話です」

夏目が驚いたように目を見開いた。

「どうりで。さっきお父さんと話したとき、きみは無事でいるのかと涙声で訴えられていた」

その言葉を聞いて、胸が苦しくなった。激しい後悔の念が押し寄せてくる。

「東京に来てからどうやって生活してたんだ。バイト代を持っていたといってもそれほどの大金ではないだろう」

夏目が言うように、十日ほどネットカフェで寝泊まりしている間に持っていた金は底をついた。

所持金は三百円を切り、どこかで休むこともできず、空腹に耐えながら、新宿《しんじゅく》の繁華街をさまようしかなかった。

これからどうすればいいだろう。家のない十六歳の女の子を雇ってくれるところなどあるだろうか。いや、仮にそんなところがあったとしてもいかがわしい仕事でしかない。

やはり家に帰るしかないだろうか。三百円あるから家に電話して父に迎えに来てもらうことができる。

だけど、きっと父から激しく怒鳴りつけられるだろう。その姿を想像すると、どうしても電話をかける勇気が持てなかった。

途方に暮れながら駅前のロータリーを歩いていたときに、きれいなギターのメロディーと透き通るような歌声が響いてきた。

わたしは思わず足を止めて近くの人だかりに目を向けた。人だかりの隙間《すきま》から茶髪の若い男性がギターを弾いているのが見え、引き寄せられるように近づいていった。

それから何時間も男性の歌を聴いていた。終電が近づき聴衆がわたしひとりになると、彼は演奏をやめてギターケースに入れられた小銭を数え始めた。

その場を去ろうとするとわたしを呼び止め、「おれの歌気に入ってくれた？」と訊いてきた。

「うん。すごく気に入った。だけどごめんなさい。お金がないんだ」

「家に帰れるの？」

答えに困っているとき、あまりの空腹にお腹が鳴ってしまった。

恥ずかしくてその場から立ち去りたかったが、彼は笑いながら「今日の聴衆は羽振りがよかったから何かおごってあげるよ」と食事に誘ってきた。

それが河東怜治《かわとうれいじ》との出会いだ。

それから怜治とふたりでハンバーガーショップに行き、食事をしているうちに互いの身の上話になった。

怜治は二十二歳で、プロのミュージシャンを目指して親の反対を押し切って家出同然で上京してきたという。

わたしは怜治に自分も家出をしていることを話して、これからどうすればいいか悩んでいると相談した。

帰りたくないなら無理に帰らなくていいんじゃないかな、というのが怜治の答えだった。

だけど住むところも仕事もなく東京に居続けることはできない。

わたしがそう返すと、怜治は「おれのぼろアパートでよければ居《い》候《そうろう》していいよ」と事もなげに言った。

「おれみたいなのと一緒に暮らすのは抵抗ある？」とさらに言われ、わたしは少しのためらいを感じながらも首を横に振った。

初対面から魅力的な男性だと感じていた。

わたしはその夜から怜治の部屋に転がり込んだ。最初の数日はいつからだを求められるだろうかと緊張していたが、怜治が居候させる見返りを求めてくるようなことはなかった。だが、男女の関係になるのは時間の問題だった。

わたしは完全に怜治のことが好きになっていた。

怜治が音楽活動に専念できるよう、採用基準が緩《ゆる》いバイトを三つ掛け持ちして、彼の代わりに生活費を稼いだ。

彼はふたりきりの部屋でよく自分が作った曲をわたしのためだけに歌ってくれた。

そして寝る前には必ず、いつかミュージシャンとして成功して、実家の父にふたりの仲を認めてもらえるよう頑張るからと誓ってくれた。

そんな幸せな日々が一ヵ月ほど過ぎた頃、最初の災いが起きた。

怜治が顔中血だらけになって帰ってきたのだ。

悄然《しょうぜん》とうなだれる怜治からその理由を聞き、わたしも血の気が引いた。

友人の車を借りて運転していた怜治が事故を起こしてしまい、しかもぶつけた車に乗っていたのがやくざだという。

怜治はそのまま組の事務所に連れて行かれ、車の修理代と治療代として五百万円を請求された。とても自力でそんな金額は払えないので保険会社に任せたいと言うとその人たちから暴行され、無理やり誓約書を書かされたという。

警察に行ったほうがいいとわたしは言ったが、怜治は「そんなことはできない」と首を縦に振らない。

半年以内に金を用意できなければ落とし前として指を切り落とすと脅されたということで、警察に報《しら》せたらさらにどんな酷い仕返しをされるかわからないと怯えきっていた。

指を切り落とされればギターを弾くことはできなくなり、夢は断たれる。それ以前に金を用意できなければそれだけで済むかどうかさえわからない。

何とか金を工面することに協力してくれないかと懇願されたが、十六歳のわたしに半年でそれだけの大金を用意できるわけがない。

怜治もそのことを理解しているようで、「こんなことを頼むのはどうしようもなくつらいけど」と泣きながらある提案をしてきた。

やくざに怯えて泣きじゃくる怜治を見て、もはやその方法しか手はないだろうとわたしも思った。

翌日、怜治が新しい携帯を契約してきてわたしに渡した。

風俗だと店では未成年は雇ってもらえないので、出会い系サイトでからだを売る相手を捜そうというのだ。

出会い系サイトで見つけた相手との待ち合わせの時間が近づいても、わたしは待機していた喫茶店の椅子からなかなか立ち上がることができなかった。

怜治以外の男性に抱かれるのは初めてだ。

一緒にいた怜治に「そろそろ行ったほうがいいんじゃないかな」とすまなそうに言われ、無理やり気持ちの整理をつけて店を出た。

怜治が心配そうに「途中まで一緒に行く」とついてきた。ふたりで待ち合わせ場所に向かって歩いていると、ふいに怜治がわたしの手をつかんで近くの店に入っていった。

アクセサリーや貴金属を売っている店だ。

怜治は店に入るとすぐに店員に歩み寄っていった。店員に何やら話しかけると手招きされ、わたしはふたりのもとに向かった。

わたしが来るのと同時に店員が目の前に小箱を置いた。

「開けてみて」と怜治に言われてふたを開けると、シルバーの指輪が入っていた。

「この店の商品はすべてオリジナルでひとつひとつ手作りなんです。二週間前に河東さまからご依頼をいただきまして、市川さまのことをいろいろお聞きしながらできるだけイメージに合うものをお作りしたつもりです。いかがでしょうか」

二週間前ということは事故を起こす十日以上前だ。あんなことがなければもっと素直に喜びを爆発させていただろう。それでも嬉しいことには変わりないけど。

怜治がわたしの左手をそっとつかみ、薬指に指輪をはめてくれた。

店を出ると、後ろから「ごめん……」と声が聞こえた。

「こんな思いをさせてしまって本当にごめん。だけど必ずおまえの思いに応えるから。必ずおまえを幸せにするから」

わたしはそれからその言葉を信じ続けた。

男に抱かれているときも、自分が嫌になって泣き出しそうになったときも、左手の薬指に光る指輪を見つめながら、あのときの怜治の言葉を思い出した。

特につらかったのは、客に性病をうつされたときだ。性病はすぐに治すことができたが、その影響で子供が産めないからだになったと医師に告げられた。

怜治にそのことを伝えると、彼は優しくわたしを抱きしめ、「おまえさえいてくれたらそれでいい」と慰《なぐさ》めてくれた。

半年以内に五百万円を稼いで無事に借金はなくなったが、怜治はその後もわたしのことを頼りにした。

新しい楽器が必要だから――東京だけでなく全国を回って路上ライブをやりたいから――自分に興味を持ってくれているプロダクションの人を接待しないといけないから――

わたしはその度に彼にお金を渡した。そしていつの間にか彼にお金を渡すそのときがわたしにとって至福の時間になっていた。

怜治は音楽活動に飛び回っていて忙しく、お金に困ったときでなければ部屋に戻らず、顔を合わすことができなくなっていたからだ。

怜治は家に戻ってくるときいつも、わたしが大好きなアイスクリームを買ってきてくれる。そして自分のほうが大変な思いをしているというのに「ちゃんと食べないとからだによくないよ」とわたしをことさら気遣ってくれた。

男に抱かれた後ひとりの部屋に戻って寂しいときは、ひたすらアイスクリームを食べて怜治との幸せな時間を記憶によみがえらせた。長い間そんな日々を過ごしていたせいか、あるとき鏡を見て愕然《がくぜん》とするぐらい太ってしまった。

だが怜治はそんなことを気にもせず、かえって「チャーミングだよ」と言って優しくわたしを抱きしめてくれた。そして疲れているわたしのからだを気遣い、セックスするのを我慢して部屋を出ていく。

たとえ会える日は少なくても、からだのつながりはなくなっても、わたしたちは固い絆で結ばれていた。

その証拠に、怜治からもらった指輪を外そうとしても、薬指の根元に深く食い込んで外すことができなくなっていた。

わたしの彼への思いと、彼のわたしへの思いが、左手の薬指と指輪を介してひとつになっている。

自分の薬指で光り輝く指輪を見ていると、まるでふたりの愛の結晶として生まれた子供のように思えた。

ふたりの子供を作ることはできない。だけどこの指輪があればそれでいい。

わたしはその指輪を大切に愛《め》でながら、それからも彼に尽くした。出会ってから二年が経った頃、怜治からひとつの報告をされた。CDデビューが決まったという。

わたしは今までのふたりの苦労がようやく報われたと怜治を抱きしめて喜んだが、その後に彼に「別れてほしい」と言われ呆然《ぼうぜん》とした。

我に返って「どうして！」と詰め寄ると、怜治は言いづらそうに顔を伏せ「事務所の命令なんだ」と答えた。

ファンがつきづらくなるから付き合っている女性がいるならデビューする前に別れろと言われたという。その条件が飲めないのであればデビューはさせられないと。

わたしは何があっても絶対に別れないと怜治に食い下がった。

怜治の才能があれば今回のチャンスを見送ったとしても、いつか音楽の実力だけでデビューさせてくれるところが見つかるにちがいないと。

それでも怜治は「本当におれのことを思ってくれてるならわかってほしい」と譲らなかった。

もしわたしと別れるというなら、あなたを殺してわたしも死ぬ、と言った。

そうすればずっと一緒にいられる。怜治を失いたくない。

怜治はわたしの思いに納得してくれ「わかった。たしかに自分に正直に生きられないような形でデビューしたってしかたないよな」と前言を翻《ひるがえ》した。

それなのに、あんなひどいことをするなんて――

「どんなことをされたの？」

夏目に問いかけられたが、それを言葉にすることができなかった。

思い出すだけでおぞましい。

「今無理に話さなくていいよ。お父さんと会って気が落ち着いたら話してくればいい」

夏目がそう言って壁際に置いたガラス棚に目を向けた。上にある置時計を見たのだろう。棚のガラスに映るふたりの姿をわたしは見つめた。

「彼がきみにしたことが犯罪行為ならきちんと捜査する」

その声に、夏目に視線を戻した。

「ただ、きみ自身も、もっと自分のことを大切にしなきゃいけないってぼくは思う。自分以外の人の心は見えない。だから言葉や態度からその人が何を思っているのかを推し量るしかない。だけど、言葉や態度を偽れる人間はあまりにも多いから」

もっと早くこの人に会いたかったなと思った。

「そうですね……わたしはあまりにも浅はかでした」

今となってはそう思う。

「そのせいでわたしの人生は終わってしまったんです」

「まだ十八歳だろう。きみの人生はこれからじゃないか」

わたしは首を横に振った。

「わたしは彼に殺されたんです」

夏目が眉根を寄せて首をひねる。

「心を殺されるようなことをされたということかな」

「そのままの意味です」

別れ話をされて二週間ほど経った頃、怜治からレンタカーを借りてどこかに行かないかと提案された。

そんなことは初めてだったので理由を訊くと、怜治はひさしぶりに見せる笑みを浮かべ「誕生日だろう」と答えた。

いろいろあったけどその日をふたりのやり直しの記念日にしたいと言われ、秩父《ちちぶ》に行くことになった。

日帰りのドライブであったが、温泉に浸かり、おいしいものを食べ、ふたりで過ごす楽しい時間を満喫した。

名残《なごり》惜しい思いで帰路についていると怜治が人気のない山道で車を停めた。

怜治は鞄の中から懐中電灯を取り出し車を降りて「ついてきて」とわたしに言った。

まわりは漆黒《しっこく》の闇だ。怖いので車から降りるのをためらっていると、怜治が「サプライズを用意してるんだ」と笑いかけてきた。

誕生日のプレゼントとして何かをしようとしているのだと察し、わたしは車を降りた。

懐中電灯で照らす怜治の後に続いて山林に入った。しばらく歩いていると怜治が立ち止まり、わたしに懐中電灯を渡した。

「このまま歩いていって」と怜治に言われ、わたしは懐中電灯の明かりを地面に向けながら歩きだした。しばらく進んだところで足を止めた。その先に大きな穴があるのがわかった。

どういうことだろうと振り向いた瞬間、怜治が手に持っていたものをこちらに振り下ろすのが見え、側頭部に衝撃が走った。

頬のあたりにざらついた土の感触があった。どうやら何かで殴られ倒れてしまったようだ。

朦朧《もうろう》としながら何とか顔を上げると目の前に怜治が立っていた。

「大丈夫だ……こいつはおれのまわりに存在しない……バレるはずがねえ……」

こちらを見つめながら呟く怜治の右手に何かが握られているのがわかった。

どうして——どうしてこんなことをするの？

声にならないまま手を差し出して助けを求めると、憑《つ》き物が落ちたように怜治の顔つきが変わった。右手に持っていたものを放ってこちらに近づき、差し出したわたしの手首をつかむ。

指輪を見ているようだ。

そうだよ——あなたがくれたものだよ——

必ずおまえを幸せにするからと言って、あなたがくれたものだよ——

手首をつかんでいた怜治の手がわたしの薬指に移った。指輪をつかみ、外そうとする。だが外れない。怜治の息遣いがどんどん激しくなっていく。

そうだよ、簡単に外れないよ。だって、わたしとあなたの愛の結晶だもの——

怜治があきらめたように指輪から手を放した。先ほど地面に放ったものを手に取った。金槌《かなづち》だ。左手でわたしの手首を押さえつける。釘抜きのとがった部分をわたしの薬指に向け振り下ろした。

いきなり由香里が右手で左手を押さえて暴れだした。

「どうしたんだ？」

夏目は落ち着かせようと身を乗り出して彼女の肩に手を添えたが、強く突き飛ばされた。

由香里はソファの上で「痛いッ——やめてッ——」と半狂乱になったように叫びながら暴れている。

呆気《あっけ》にとられながらその姿を見ていたが、彼女が指輪を取ろうとしているのではないかと思った。

ようやく指輪が取れ、テーブルの上に投げつけると、由香里が放心したようにソファに深くもたれかかった。

「大丈夫かい？」

夏目が声をかけても、由香里は声を発しない。荒い息を吐き、虚《うつ》ろな眼差しで天井を見上げている。

ノックの音がして、夏目はドアに目を向けた。

「はい――」と声をかけると、ドアが開いて受付の女性が顔を出した。

「市川俊太郎さんというかたがいらっしゃっています」

夏目は頷いて立ち上がると、由香里に「お父さんが来たから迎えに行ってくる。ここで待っててね」と言い残して部屋を出た。

彼女の話はどこまで本当なのだろうか。

ドライブの帰りに山林に連れて行かれ、そこで河東怜治に頭を殴られ殺されそうになった――

もし本当にそんなことがあったのなら、どうしてその後も彼と一緒にいるのだろうか。

そんなことをされても別れることができない理由があったのか。

わたしは彼に殺されたんです――

いずれにしても詐欺の容疑だけでなく、そのことについても後々追及する必要があるだろう。

一階に行くと受付の前のベンチに座っている男性のもとに向かった。こちらに気づいたようで、男性が立ち上がった。想像していたよりも年配だ。

「市川さんでしょうか」

夏目が声をかけると、男性が頷きながら名刺を差し出した。

『小諸西中学校　校長　市川俊太郎』と書かれている。

「校長先生をされてらっしゃるんですか」

夏目が訊くと、市川が「ええ……」と頷いた。

「由香里さんからお父さんは国語の教師をされていると聞いていたので……校長先生が授業をすることもあるんですか？」

「そういう学校もあるようですがうちでは校長は授業をしません。由香里が家出した頃は国語を教えていたので。それから四年後にちがう中学校に移りましたが、昨年この学校の校長として戻ることになりました」

市川の話を聞きながら、夏目は首をひねった。

「どうされましたか」市川が訊いた。

「由香里さんが家出されたのは二年前ですよね」

「いえ。十二年前です」

「え？」

心臓が波打った。

「ということは、由香里さんは今おいくつですか」夏目は訊いた。

「二十八歳です」

とてもそのような年齢には思えない。

「写真などはありますか」

市川が頷いて鞄から手帳を取り出した。手帳に挟んでいた写真を受け取り、夏目は目を向けた。

先ほどまで話していた女性とはあきらかに別人だ。

「すみません。ちょっとこちらでお待ちいただけないでしょうか」市川に断りを入れると夏目は急いで階段に向かった。

市川由香里ではないとしたら彼女はいったい誰なのか。

どうして由香里の父親のことを知っていたのだろう。

ドアを開けて部屋に入ったが、先ほどまでソファに座っていた彼女の姿がない。

いったいどこに行ってしまったのだろう。

テーブルに置いてある指輪に目を留め、夏目は手に取って見つめた。

制服に着替えると個室トイレから出た。ホームへの階段に向かっているときに掲示板の時計が目に入り驚いた。

もう十時を過ぎている。

たしか警察署に連れて行かれたときには七時頃だったはずだ。

夏目という刑事からマサトのことをいろいろ聞かされたことは覚えているが、それからの記憶が定かではない。

気づいたらぼんやりとソファに座っていた。部屋には誰もいなかった。親を呼ばれることになったら面倒だったので、そのまま部屋を出ると階段を下りて一階に向かった。

受付の前で年配の男性と話をしている夏目の姿を見て、自販機の陰に隠れた。しばらくすると夏目が受付の前からいなくなったので、年配の男性の横を素通りし、そのまま警察署を抜け出して駅に向かった。

重い足取りで階段を上っていくとちょうど電車が停まっていた。電車に乗ると座席に腰を下ろして溜め息をついた。

記憶がないということは寝ていたのだろうが、それにしては妙にからだが疲れている。

たとえれば校庭を百周以上走らされたような感じだ。もっとも一周だって全力で走ったことはない。ただ、そう思うぐらいにからだも心もへとへとになっている。

誰よりも信頼していた彼がわたしのことを騙していただなんて。

マサトとは二ヵ月ほど前に出会い系サイトで知り合った。それ以前も出会い系サイトを利用していた。別に小遣いがほしかったわけではない。

誰でもいいからどうしようもない寂しさを埋めてもらいたかった。だけど目の前に現れる男たちはからだを求めてくるばかりで、寂しい心を満たしてはくれなかった。

それでも日々の孤独と鬱屈に耐えられずアクセスしているうちに出会ったのがマサトだった。

マサトはアイドルユニット『フレンズゲート』の中村《なかむら》くんにちょっと似たイケメンで、物腰もやわらかくてすぐに好感を持った。

わたしよりも一回り上の二十七歳ということだったが、そんなことはどうでもよかった。それにホテルに入ってもすぐにからだを求めてくるようなことはしないで、わたしの悩みを聞いてくれるような優しい人だった。

それなのに……。

だけど、今の脱力感はマサトに騙されていたショックばかりではない。

それからの記憶は定かではないが、マサトからもらった指輪をはめたときの感覚は覚えている。

指輪をはめた薬指から何か得体の知れないものがからだの中に入ってくるような感覚だった。

前にも一度似たような感覚になったことがある。初めてお酒を飲んだときのふらふらした感じだ。

視界がぼやけてきて、自分が自分でなくなるような感覚。

あれはいったい何だったのだろう。

鞄からスマホを取り出すと、父親と母親から別々のラインのメッセージが入っていた。

メッセージの内容はふたりともほとんど同じだった。

『大切な話があるから今日は塾を早退して早く帰ってくるように』というものだ。

ついに離婚の話を切り出すつもりなのだろう。

わたしが高校に入る前に決めたほうがいいだろうと両親が話しているのを部屋の壁越しに聞いていた。

この一年間、両親の言い争う声を聞かされるたびにさんざん悩まされた事柄だが、今はもうどうでもよくなっている。

森永麗奈《もりながれな》のままでいようが、田丸麗奈《たまるれな》に変わろうがどうでもいい。今のわたしの最重要事項は、マサトに代わる相手を早く探さなければいけないということだ。

わたしはラインの画面を閉じると、ネットにつないで出会い系サイトにアクセスした。


ドアが開き、留置係につれられた河東怜治が入ってきた。

腰縄を解かれた河東が夏目の向かいに座る。こうやって河東と対峙《たいじ》するのは初めてだ。

たしかに三十四歳という年齢よりも若く感じさせるが、それでも市川由香里を名乗っていた彼女が出会ったときに二十二歳と騙るには無理があるように思える。

河東は十年前にシンガーソングライターとしてCDデビューをしたことがある。だが鳴かず飛ばずですぐにその世界から消えてしまったそうだ。

それからどんな生活を送ってきたのかはわからないが、今回だけでなく二十五歳と二十九歳のときに詐欺の容疑で逮捕歴がある。

「こんな遅くに取り調べをするなんて人権侵害じゃないですか」河東が軽薄そうな笑

みを浮かべながら言った。

「さっき一緒にいた女性は誰なんだ？」夏目は訊いた。

「さあ……出会い系で知り合った女なんで素性はよく知らないっす」

「二年も一緒に暮らしていて素性を知らないのか？」

「二年？」河東が怪訝《けげん》そうに首をひねった。

「振り込め詐欺だけではなく、昔取った杵柄《きねづか》とやらで女の子を騙しているのか」

「刑事さんの言ってる意味がよくわかんないんすけど」

「事故を起こしてやくざに脅されていると泣きついて、彼女に稼がせていたんじゃないのか。つらい思いをさせてすまないけど、いつか必ずおまえを幸せにすると言ってこれを渡して」夏目はポケットから取り出した指輪を河東の前に置いた。

指輪に目を向けた河東がぎょっとしたように身を引く。

「知らねえよ。誰がそんな話したんだよ」

必死に平静を装っているようだが、動揺しているのがありありと窺えた。

そのことに関しては彼女が話していたことは本当のようだ。

「他に女ができたからなのかどうかわからないが、CDデビューが決まったと言って彼女に別れ話を切り出したそうだな。だけど、自分を捨てたらおまえを殺してわたしも死ぬと言われて別れ話を撤回した。それから彼女の誕生日を祝うためと言って秩父にドライブに出かけたそうじゃないか」

夏目の話を聞いていた河東の表情がどんどん蒼ざめていく。

「知らねえよ……誰がそんなことを言ったんだ」

「その後、秩父の山道に車を停めて彼女に何をしたんだ」

「だから誰が言ったのか訊いてんだろッ！」河東がうろたえたように叫んだ。

「さっき一緒にいた彼女だ。最後には痛い痛いと指輪を外そうとしながらな。彼女はどこの誰なんだ。彼女にいったい何をした！」

「あぁぁぁぁぁぁぁぁぁぁぁぁ――」

狂ったような絶叫が響き渡った。


ネットニュースの写真を見て、わたしは思わず大声を上げた。

まわりの乗客が驚いたようにこちらを見ている。わたしは恥ずかしくなりながらスマホに視線を戻した。

マサトの顔写真が出ていた。しかも殺人と死体遺棄《いき》の容疑で逮捕されたと大きな文字で書かれている。

十年前に市川由香里という女性を殺害して秩父の山林に埋めたという記事に首をかしげそうになったが、その後書かれていることを読んで納得した。

容疑者の年齢は三十四歳で、名前もマサトではなく河東怜治となっている。

仕事だけでなく名前や年も騙されていたなんて。

発見された遺体は白骨化していて、左手の薬指が切断されていたという。

まったく怖い世の中だ。

あのままマサトと付き合っていたら、わたしも土の中に埋められることになっていたかもしれない。

それにしても、二ヵ月ほどの付き合いでしかないが、マサトがそんな恐ろしいことをするようには微塵《みじん》も思えなかった。

人は見かけによらない。もう少し人を見る目を養《やしな》わなければいけないなと反省した。

もっとも今付き合っているサトシにかぎってはそんなことはないだろうけど。

作者の言葉　薬丸岳

「アンソロジーの中の短編を一本書いてくれませんか」

某編集者からの依頼に「いいですよ」と安請け合いしてしまった私。しかしよくよく話を聞いて、ひきつりました。

宮部さんから渡されたバトンを辻村さんが受け取り、それが私のところに来て、さらに東山さんと宮内さんに回る。

この豪華なメンバーに私が加わっていいのか？——というのが率直な感想。

さらに宮部さんと辻村さんの作品を読ませていただき、びっくり。

むちゃくちゃおもしろいんだけど、某編集者から聞かされて勝手に私が抱いていたアンソロジーのイメージとかなり違っている。

そういうわけで初めて挑むホラーテイストの作品です。

おふたりの素晴らしい作品から大きく引き離されないよう必死でした。

結果はわかりませんが、おふたりからの大きな刺激を受けなければ、絶対に書かなかっただろうなと思う作品であることだけは間違いありません。

おふたりの作品を堪能して、自分の作品を書き終わった後も、まだまだお楽しみは続きます。

このあとがきを書いている時点で、まだ東山さんと宮内さんの作品は読んでいないのです。

いったいどんなアンソロジーになるんだろうと、わくわくぞくぞくしています。

こんな無茶振りしてくれた某編集者に感謝！

そして皆さんとの記念写真も楽しみにしています。

スマホが・ほ・し・い

東山彰良

テレビのまえで祖母が素《す》っ頓狂《とんきょう》な声をあげたとき、春陽《チュンヤン》は今日こそ一歩も退かないかまえで母親に食らいついていた。

「高校生になったら買ってやるって言ったじゃん」ちょっと見てごらんよ、湘蘭《シャンラン》、ほら、この人——祖母の声を背中でさえぎりながら、春陽は母親に食ってかかった。

「どうせあと半年なんだから、いま買ってくれたっていいだろ？」

「高校生になれるかどうかなんて、まだわからないでしょ」母親はコンビニで買ってきた湯圓《タンユエン》——元宵節《げんしょうせつ》に食べるもち米の団子——を、湯が沸き立つ鍋にひとつずつ入れていく。「受験はまだ四ヵ月も先のことなんだから。もしかすると中学浪人するかもしれないでしょ。あんた、いくつ食べるの？」

「じゃあ、三個で」

「四個にしなさい。奇数は縁起がよくないから」

暮れなずむ街から、人々の笑いさざめく声が春風にのってとどいてくる。子供たちが早く燈籠《ランタン》に火を入れてくれと大人をせっついているのだ。遠くで景気のよい爆竹が鳴った。

春節のあとの最初の満月。だれもが春の訪れに浮足立ち、美しい花燈（飾りランタン）が灯《とも》される夜を心待ちにしている。そう、ひとり杜《ドウ》春陽を除いて。湘蘭、湘蘭、湯圓なんかあとでいいから、早くこっちに来て見てごらん、ほら、この人だよ――テレビを指してわめきつづける祖母を無視して、彼は意を決して言った。

「だったら志望校を一ランク下げるぞ」

「お好きにどうぞ」事もなげに切り返されてしまった。「そんなことで親を脅せると思ったら大間違いよ。スマホを買ってもらえないくらいのことで人生を棒にふりたいんなら、どうぞご勝手に」

「みんなもう持ってるんだよ。ねぇえ、お母さん……」

「甘えた声を出してもダメなものはダメよ」

「そこをなんとかさあ。スマホがないと卒業式のときにみんなと連絡先を交換できないし、それに母一人子一人なんだからスマホがあったほうがお母さんもなにかと安心でしょ？」

「あたしは仲間はずれかい？」居間から祖母の声が飛んだ。「言っとくけど、親が離婚したあんたをここまで育てたのはね、春陽、このあたしなんだよ！　それより、湘蘭、早くテレビを見てごらんよ」

「なんなのよ、お母さん？」母親が湯圓の碗をトレイにのせて居間に運ぶ。「さっきからなにを見せたがってんのよ？」

「ほら、この人だよ」

ケーブルテレビに映っていたのは日本のニュースで、どうやらずっとむかしに起こった殺人事件がいまになって全面解決を見たようだった。画面には古臭い感じの女性の写真が映っていて、その下に「市川由香里《いちかわゆかり》」という名前が出ていた。

「この人がどうかしたの、おばあちゃん？」春陽が言った。

「ねえ、湘蘭、むかし裏の何太太《ホオさん》の家に日本人の留学生が住んでたことがあったろ？　この殺された女の人、その娘《こ》なんじゃないかい？」

「ぜんぜんちがうわよ」

「だって、おまえ……」

「何太太の家にいた留学生は星野《シンイエ》って名前だったもの」

祖母はなおも釈然としない様子だったが、それ以上はなにも言わなかった。三人はそれぞれの碗を取り上げ、胡麻《ごま》あんやピーナッツあんの入った熱々の湯圓を頬張《ほおば》った。

「花燈を見に行くのはいいけど、あんまり遅くなっちゃだめよ」食べるものを食べてしまうと、和平《わへい》病院で看護師を務める母親が夜勤に出るまえに釘を刺した。「まあ、スマホのためにも勉強を頑張ることね」

春陽は減らず口のひとつもたたいてやりたかった。だけど、そんなことをすればスマホが遠のくばかりか、痛い目を見ることはわかりきっていた。だから、黙々と湯圓を食べ、それから小月《シャオユエ》といっしょに花燈を見に出かけたのだった。

中正《ちゅうせい》紀念堂までは歩いて行った。延平南路《えんぺいなんろ》を小南門《しょうなんもん》で右に折れ、あとはひたすら愛国西路《あいこくせいろ》を行くだけである。

「あそこのあばら屋」小月が指さして言った。「ほら、榕樹《ガジュマル》の陰にあるやつ。むかしは牛肉麵屋だったんだけど、店主が店で蛇に咬《か》まれて死んだらしいよ」

「こんな街中《まちなか》に毒蛇なんかいるもんか」

「でも、怨霊《おんりょう》が棲みついてるんだって」

「だれがそんなことを言ったんだよ？」

「戴鴻《ダイホン》。なんでもあいつのじいさんが陰陽眼《おんみょうがん》をもってて、好兄弟（あの世の者）が見えるんだってさ」

「戴鴻は大嘘つきだ！」

ふたりはポケットに手をつっこみ、背中を丸めて歩いた。

二月にしては風の暖かい晩だった。子供たちの提げている燈籠が、まるで水母《くらげ》のように大街小巷にふわふわ漂っていた。

その妙に白っぽい光を眺めやりながら、春陽は祖母が言っていたことを思い出していた。むかしむかし、台湾の燈籠はみんな紙でできててね、なかに蠟燭《ろうそく》を立てて火を灯していたんだよ。だから風が吹いたり運が悪かったりすると、たちまち燈籠が燃え上がって子供たちを悲しませた。下手をすれば、家まで燃えてしまったもんさ。

二十一世紀の燈籠はどれもプラスチック製だ。なかには豆電球が入っていて、手元のスイッチで点けたり消したりできる。これで子供たちは癇癪《かんしゃく》を起こしたみたいにいきなり炎上する燈籠におびえなくてもよくなったし、火事の心配もなくなったけれど、火燈籠の陰に潜んでいたあの怪しい気配もまた、年寄りたちの思い出のなかへ引っ越す破目になったのだった。

中正紀念堂へと流れてゆく燈籠の明かりが、突然、乱れた。

立ち止まる燈籠あり、左右に避ける燈籠ありだが、近づいてみると原因がわかった。物乞いの老婆がひとり、花燈見物へ向かう人々に手を差し出して施しを求めていた。全身黒ずくめで腰は曲り、汚れた白髪《しらが》が固まって筋になっていた。小銭をねだるその物腰に悪びれたところはなく、それどころか世界に貸しがあるんだと言わんばかりの堂々たるねだりっぷりだった。道行く人たちの鼻先に手を突きつけて上下にゆすった。施しをあたえても礼のひとつもないが、あたえなければ意味不明の罵声《ばせい》を浴びせられた。遠くからでも、その双眸《そうぼう》にともる狡猾《こうかつ》な炎が見てとれた。

小月は顔を伏せ、春陽は気づかぬふりをして、無遠慮に突き出される老婆の手をやり過ごした。謂《いわ》れない怒声をぶつけられたうえに、追いかけられた。ふたりは首をぶんぶんふって歩みを速めたが、老婆はそのまま十メートルほどならんで歩き、しまいにはこれでも喰らえとばかりに痰《たん》を切って春陽の足元に吐きつけたのだった。そのせいで、春陽はぴょんっと飛び跳ねてしまった。

「おい！」

「やめろよ」老婆につっかかろうとする春陽を、小月がおたおたと制した。「頭がおかしいんだって、あの婆さん」

「けど！」

「やめろって、春陽、なにが仇《あだ》になるかわからないぞ。家に火でもつけられたらどうすんだよ」

そういえば、聞いたことがある。むかしはよくこういう老婆が家を一軒一軒まわって、施しをねだっていた。そんなときはね、百元くらいやっとくのさ。祖母はそう言った。厄払いだよ、さもなきゃあとで報復されるからね。

「かわいそうだと思ってやろうぜ」小月が言った。「きっとひとりぼっちで生きてきて、この先もひとりぼっちで死んでいくんだから」

前方の中正紀念堂から楽しげな音楽が聴こえてくる。燈籠がまるで夜蛾のようにその光を目指して飛んでゆく。足元に目を落とすと、老婆の吐いた緑色の痰が歩道にへばりついていた。

これが台北《タイペイ》なんだと思ってあきらめるしか、春陽にはどうすることもできなかった。

花燈に彩られた中正紀念堂の美しさはこの世のものとも思われず、春陽と小月は不愉快なことを忘れて龍虎や武将や蓮の花をかたどった飾り燈籠をうっとりと見てまわった。

自撮り棒を持参していた小月がパチパチ写真を撮り、どんどんSNSにアップしていく。たちまち台湾全土から「いいね」と賞賛の声がとどいた。

それを見るにつけても、春陽の疎外感はつのっていった。スマホを持たないことに恥じ入り、だれもが自由に出入りできる世界に門前払いを食ったような気分をたっぷり味わった。

となりを歩く小月がＬＩＮＥの返信をしているだけで、こいつのデリカシーのなさに苛立《いらだ》つ。クラスメートの女子たちとばったり出くわしたときは、さすがにへこんだ。わいわいはしゃぎながらいっしょに記念写真を撮っても、自分だけがその写真をみんなと共有できない。

が、最悪なのはそこじゃない。

最悪なのは、だれもがスマホと共謀して他人をないがしろにしていることだった。そのやり方があまりにも巧妙で洗練されているものだから、迂闊《うかつ》に腹を立てればこちらの負け、あっという間にネットで拡散されて孤独を深めることになる。自分を守るためにはおなじ方法でクールにやり返すしかなく、ほかに道はない。

そんなふうに思っていたので、帰り道でふたたびあの老婆を見かけたとき、春陽は目を疑った。家路につく燈籠がぽつぽつ浮遊している小南門で、街灯の下にしゃがみこんだ老婆がスマホをいじっていたのである！

「なんだよ、春陽？　急に止まんなよ」

小月に怪訝《けげん》そうな顔をされても、にわかには返事すらできなかった。

おれはあのばばあ以下だ。稲妻のような自己憐憫《れんびん》が春陽を打った。あの薄汚い物乞いはSNSに今夜せしめた金額をあげ、世界中から「いいね」をたっぷりつけてもらっている。

画面に指をひょいひょい滑らせる老婆の笑顔が、スマホの光に照らされてよりいっそう邪悪に見えた。中学生に痰を吐きつけたことを、物乞いどものLINEグループに書きこんでいるのかもしれない。

「おい、春陽、どうしたんだよ？」

小月に視線をたどられるまえに春陽は顔を戻し、笑いかけ、いや、なんでもないよ、と言ってさっさと歩きだした。体がふるえだすのがわかった。アスファルトに足が沈みこんでゆくような感覚に囚われながら、それでもどうにか歩を進めた。やがて十字路にさしかかり、小月と手をふって別れた。

春陽は暗い路地をとぼとぼ歩き、なにかにひっぱられるようにしてだんだん足取りが速くなり、気がつけば走っていた。ビルのあいだの裏道に飛びこみ、角をいくつか曲ると、家とは反対方向にむかって全力疾走した。

老婆はまだおなじところにいた。

春陽のせばまった視界を占めていたのは、老婆のスマホだけだった。だれかに目撃されるかもしれないとは、まったく考えもしなかった。やり場のない怒りに命じられるまま、駆け抜けざま老婆の手からスマホをひったくる。

そのまま突っ走った。

老婆がなにかわめいたが、それは春陽の足に力をあたえただけだった。このまま、どこまでも走れそうな気がした。恐怖や後悔を置き去りにして、彼はまえだけを向いてひた走った。握りしめたスマホを嫌悪しつつ、しかし捨てようとは思わなかった。なにかに酔ったような興奮が、背中を押しつづけていた。走れば走るほどその興奮はつのり、興奮がつのるほどに現実感は薄れ、夜空にかかる満月でさえ、いつしか皓々《こうこう》と灯る花燈のように見えてくるのだった。

玄関扉をそっと開けて家に入ると、祖母が居間のソファでうたた寝をしていた。

春陽は呼吸を整えながら、しばし所在なくたたずんだ。

つけっぱなしのテレビでは、数日前に台湾大学で殺害された学生のニュースをやっていた。学生は大学の構内で、首の骨をたたき折られていた。

リモコンで消すと、祖母が目を覚ました。

「ただいま、おばあちゃん」

祖母は不機嫌にうめき、時間を尋ねてきた。

「もうすぐ十一時だよ」

「お母さんは？」

「今日は夜勤だろ」

「花燈はどうだったの？」

「ああ……きれいだったよ」

「携帯電話のことだけどね」

胸のなかで心臓がでんぐりがえった。ジーンズの尻ポケットに押しこんだスマホが発熱しているように感じた。

「お母さんはちゃんと考えてくれてるよ」難儀そうにソファから立ち上がると、自室に引き取るまえに祖母はそう言った。「あんたは余計なこと心配せずにちゃんと受験勉強しな」

春陽は居間の電気を消し、自分の部屋に戻ってドアを静かに閉めた。それからスマホを取り出した。

型落ちしたタイプだが、韓国製のごくふつうのスマホだった。電源が落ちていて、画面は真っ黒だった。まるで盗品を鑑定する泥棒の気分だな。春陽は鼻で笑った。実際、このスマホは盗品でおれは泥棒じゃないか。

「どうせ拾ったか、だれかから盗んだに決まってる」

どうすればいいかはわかっている。なのに、どのボタンをどれほど長く押そうとも、老婆のスマホを目覚めさせることはついぞできなかった。

「幹《くそ》」

興奮が砂のように沈殿していくと、徒労感がずっしりとのしかかってきた。

子供のころ、小月と近所の雑貨屋で駄菓子を万引きしたことを思い出した。ほんのちょっぴり世界を出しぬこうと盗んだガムを、ふたりとも証拠隠滅のために死にもの狂いで口に押しこんだ。もしも後悔に味があるとしたら、あのときのガムの味がまさしくそうだった。

そして、いままた口に甘ったるい香料の味が広がるのを春陽は感じた。小声で毒づきながらスマホを机の抽斗《ひきだし》に放りこむと、バタンと乱暴に閉めた。明日、学校へ行く途中でコンビニのゴミ箱にでも捨ててしまおう。

ベッドにひっくりかえると、まるでぽっかりとあいた黒い穴に落ちていくみたいに、眠りに落ちていった。いやらしくガムをクチャクチャ嚙む老婆が夢に出てきた。フルーツガムのにおいが、あたりに漂っていた。

夜勤明けの母親から揺り起こされたのが六時半、母親は昨夜出勤したときのかっこうのままだった。仕事用に結った髪がすこしだけほつれていた。

寝癖のついた頭でぼそぼそと朝食を嚙みながら、春陽は母親の質問に生返事をかえした。昨日の花燈はどうだったの？　人は多かった？　何時に帰ってきたの？　クラスの人と会わなかった？　今日は放課後に補習があるんだっけ？　――うん、まあまあ。そこそこいたよ。十一時前かな。ああ、女の子たちと会った。えっと、今日は補習はないよ。

「ねえ」

「なに？」

「あんたの部屋でなにか鳴ってるわよ」

ピリリ、ピリリと鳴りつづける電子音が母親のスマホではないことに気づいたとたん、春陽は感電したように椅子を蹴って立ち上がった。牛乳が喉に詰まり、激しく咳きこむ。母親が目を丸くした。自分の部屋へ駆け戻って抽斗を開けると、着信音が大きくなった。

思い出した。

昨夜はどんなことをしても、うんともすんとも言わなかったスマホが、画面を光らせて鳴っている。

春陽は戦慄《せんりつ》しながら、息を吹きかえしたスマホを見下ろした。電子音を発するたびに、抽斗のなかで身をよじっている。電波のむこう側にいるあの老婆の姿が見えた。電話に出るなど論外だ。触りたくもない。そうかといってこのまま抽斗を閉め、何事もなかったふりをするのもいい考えだとは思えなかった。

と、着信音がぶつりと途切れ、画面に地図があらわれる。ほとんどなにも考えずにスマホをひったくると、春陽は画面に顔を近づけた。

小南門界隈のグーグルマップが、画面いっぱいに広がっていた。目的地を示す赤いバルーンが、「小南門」のすぐそばに立っている。延平南路をほんのすこし北へいったあたりに。

でも、いったいなんの目的地なんだ？

そう思ったときには、人差し指が勝手にバルーンに触れていた。画面が明滅しながら切り替わり、いくつか数字があらわれる。ふつうであれば、その場所の写真なんかが出てくるはずなのに。

「だれのスマホ？」

背後から声をかけられ、スマホを取り落としそうになった。

「ああ……これ？　えっと……昨日、小月が忘れていったんだ」母親に笑顔をふりむけ、どうにか言いつくろった。「ゲームをさせてもらったあと、おれがうっかり持って帰っちゃってさ……そうそうそうそう！　今日、学校で返すよ」

母親は腕組みをし、そんな嘘でわたしを騙せると思ってるの、という目を息子に据えた。もし祖母が口を差しはさんでくれなかったら、朝から一悶着《ひともんちゃく》あったかもしれない。

「夜中も鳴ってたよ」祖母が大きなあくびをしながら、母親のうしろをとおりすぎていった。「あんたはぐっすり寝てたから気がつかなかったみたいだけど、おかげであたしゃ目が冴えてしまったよ」

「学校にスマホを持っていっちゃいけないの、わかってるわよね？」

「……うん」

「小月から無理に借りたんじゃないのね？」

「ほんとにうっかり持って帰ってきちゃったんだ」春陽は心をこめて母親を見つめた。「嘘じゃないってば」

「学校でいじっちゃだめよ」母親が溜息をついた。「ほら、早く食べて行かないと遅刻するわよ」

春陽はスマホを学生鞄に押しこみ、地球上のすべての中学三年生が朝にしなければならないことをひとつずつ片付けていった。〈1640〉という数字が、まるでしつこい汚れのように、頭の内側にこびりついていた。

界隈が騒然となったのは、ちょうど春陽が小月、戴鴻とともに下校しているときだった。校門のまえを猛然と走りぬけていく消防車を見て、戴鴻が叫んだ。

「火事だ！　近いぞ！」

三人は学生鞄を小脇に抱えて走った。学校帰りの空きっ腹をあてこんだ屋台のオヤジが、車道に出てきて小南門のほうをうかがっていた。

すぐに燃えているのが、あのあばら屋だとわかった。消防隊はすでに雄々しく放水をはじめていて、飛び散る水に夕陽が照り映え、躍る火炎の上に小さな虹をこしらえていた。

「この空き家さ」うっとりと焔《ほむら》を眺めながら、小月が言った。「蛇に咬み殺された男の怨霊が棲んでるんだよな？」

「うん」戴鴻が応じた。「じいちゃんはそう言ってた」

「こういう場合、どうなるんだ」と、春陽。「取り憑《つ》いてる家が燃えてなくなったら、怨霊はどこ行っちゃうんだ？」

木材が劫火《ごうか》にへし折られ、あばら屋の屋根が恐ろしい音を立てて崩れ落ちると、火の粉が野次馬たちにわっと襲いかかった。「退がれ！　退がれ！」怒鳴りながら、消防隊員が人々を乱暴に押し戻す。そのせいで男がころび、かぶっていたカツラがずれた。救急車がさっと走ってきて、てきぱきと怪我人を乗せた。

人だかりの肩越しに、担架に乗せられていく黒い塊《かたまり》が垣間見えた。春陽は目を見張った。黒い塊からは白い煙があがっていて、担架からこぼれ落ちた腕や脚は焼けて赤く光っていた。救急隊員の白衣の裾がそこに触れると、ボッと火がついた。そのせいで、救急隊員は尻を虻《あぶ》に刺されたみたいにぴょんぴょん飛び跳ねた。

「あのばばあだ」小月が春陽の心を代弁した。「あれ、昨日の物乞いのばばあだよな、春陽？」

戴鴻がふたりをかわるがわる見た。

薬屋の洪《ホン》さんが人山人海をかき分けて出てくると、頭の煤《すす》を払いながら大きな声で言った。

「あの空き家に物乞いの婆さんが住みついてたんだ！　家のなかで焚火《たきび》をして暖をとってたんだろうってさ！」

それを聞くと、人々がめいめい好き勝手に自分の考えを口にした。それでわかったことは、老婆はどこかよそから流れてきたのであり、そうじゃなければだれもその素性を知らないはずがない、ということだった。敬虔な仏教徒である龍婆婆《ロンばあさん》が、阿弥陀仏、阿弥陀仏、と唱えた。

慌ただしく走り去る救急車のサイレンを聞きながら、なにかが天啓のように春陽を打った。腕時計に目を走らせる。デジタル表示の数字が〈16:23〉を示していた。

あれは時間だったんだ。

直観的にそう思った。〈1640〉――病院に運びこまれたあの老婆は、いまから十七分後に死ぬんだ。最初に立ち上がったグーグルマップは、老婆が死ぬ場所を教えていたんだ。

が、直後にはその馬鹿げた考えを笑い飛ばしていた。そんなことあるもんか、おれにあのばばあの死ぬ時間と場所を教えて、いったいだれが得をするというんだ。

それでも、まるで蜘蛛《くも》の巣みたいに一抹《いちまつ》の不安が心にかかったままだったので、彼は友達と別れてからひとりで植物園に立ち寄った。で、芭蕉《ばしょう》や棕櫚《しゅろ》や夾竹桃《きょうちくとう》のあいだをとぼとぼ歩き、石橋の上から小魚が泳ぐ池に老婆のスマホを投げ捨てたのだった。

火事はその夜のニュースでも報道された。二軒隣で自助餐店（セルフサービスの食堂）をやっている男性が、こっちは昼も夜も働いてんだ、空き家にあんな老婆が住みついてたなんてぜんぜん気がつかなかったとインタビューに答えた。焼け跡から黒焦げになったスマホが何台も出てきた。ニュースキャスターの若い女性は、焼死した身元不明の老婆がなぜこんなにたくさんスマホを持っていたのかさっぱりわからない、これはまさに小南門奇譚だと言った。

それから一週間ほどは、何事もなく過ぎていった。

二月最後の土曜日、水気をふくんだ夜風が中華路のほうから鬼哭啾啾《きこくしゅうしゅう》と吹いてくる深更に、春陽は祖母に揺り起こされた。

「起きてよ、春陽……ねえ、起きておくれよ」

春陽は不機嫌に呻き、寝返りを打って体を丸めた。

「また携帯電話が鳴ってるよ。いい加減にしとくれよ、うるさくて眠れやしないよ」

祖母の声が夢のなかに染みこみ、春陽の胸倉を摑《つか》んでひっぱり起こすまでに数秒かかった。血相を変えて跳び起きた孫に祖母はたじろぎ、腹を立てて罵倒した。

「あんた、小月から携帯電話を取り上げてるんじゃないだろうね？　そんなのは不良のすることだよ。お母さんに言いつけてやるからね！」

が、春陽はそれどころの騒ぎではなかった。

ピリリ、ピリリ、と鳴りつづけるスマホに思考を乱され、なにをどうしたらいいのかさっぱりわからなかった。脅し文句をならべる祖母をどうにか部屋から追い出すと、たたきつけるようにしてドアを閉め、それから勉強机の抽斗を開けたのだった。

と、小さなカエルが一匹飛び出してきた。

「わっ！」

予想もしなかったことに春陽はのけぞり、思わず尻餅をついてしまった。そのせいで、池に捨てたはずのスマホがなぜまたここにあるのかという疑問が、ポンッと頭から抜けていった。無理もない。とどのつまり魔物と関わり合いになった人の怪談は巷《ちまた》にあふれており、台湾人ならばだれもが好兄弟と遭遇する心の準備だけは漫然《まんぜん》としているのだった。

すぐに立ち上がったが、狭い部屋のどこにもカエルはいなかった。見間違いだったたんだ。そう自分に言い聞かせ、抽斗のなかで鳴りつづけるスマホを恐る恐る取り上げた。

ぬるっとした手触りに、全身の毛が逆立つ。濡れている。それなのに、画面に映るマップはいやに鮮明で、赤いバルーンもしっかりと立っていた。

固唾《かたず》を呑む。スマホから流れ出した水が春陽の腕を伝い、肘からぽたぽたと床に滴り落ちたが、それが蓮の花のような香りをふりまいた。

いつしか着信音がやんでいた。

試しにマップを拡大してみると、ちゃんと反応した。通りの名前が画面に表示され、バルーンが立っている場所が金門街《きんもんがい》だということがわかった。羅斯福路《ルーズベルト》からすこし入ったあたりだった。

すこし逡巡《しゅんじゅん》し、勇気をふりしぼってバルーンに触れる。画面が明滅し、今度は〈0325〉という数字があらわれた。

「０３２５……」

机の上の置時計に目を走らせる。午前二時二十一分。つまり、と春陽は思った。いまから約一時間後に、金門街でだれかが死ぬということなのか？

「そんな、まさかな！」

強がる自分の声が、寒々しく聞こえた。急にスマホを持っていることに耐えられなくなり、机の上に放り出した。

目は完全に覚めていた。置時計がパタリとめくれて二時二十二分になり、またまためくれて二十三分になり、断固としてめくれて二十四分になる。

春陽はベッドにひっくりかえって天井を睨《にら》みつけた。こんな夜更けにおれに金門街に来いということなのか？　でも、いったいなんのために？　だれかがおれにたすけを求めているのか？　考えれば考えるほど、行っても間違いだし、行かなくても間違いのような気がしてくるのだった。

体を起こし、そっとドアを開け、しばし牛魔王のような祖母の鼾《いびき》に耳を澄ませた。それから、机の抽斗からビクトリノックスのポケットナイフ（死んだ父親の形見だ）を取り出して短パンのポケットに突っこんだ。スマホを摑み、爪先立ちで部屋を出る。パジャマにしているTシャツのまま家を抜け出し、地下駐車場までエレベーターで降り、自分のマウンテンバイクに跨って丑三《うしみ》つ時《どき》の街へ飛び出した。

延平南路を南へ下り、和平西路を一路東へ自転車を走らせた。ナトリウム灯の黄色い光が、空っぽの街を肝臓病みの黄疸《おうだん》みたいに染めていた。車の往来はほとんどなく、車道を走ることができたおかげで、ほんの二十分足らずで目的地に着いた。

午前二時五十七分。

春陽は腕時計から目を上げて、寝静まった細い金門街を見渡した。ほとんどの店がシャッターを下ろしていたが、神棚に飾る電気蠟燭の赤い光が漏れ出ている店もあった。そのような店は住居も兼ねていて、住人は陳列棚のあいだに折りたたみベッドを出して眠っていた。

さほど長くない通りを、春陽は静かに走りぬけた。汀州路《ていしゅう》との角にあるコンビニの明かりがいやにまぶしく、だれもいない店のなかで店員が泣いていた。彼は自転車を走らせながら、その店員を目で追った。まだうら若い女の子だった。

突き当りの水源路《すいげん》まで来ると、Uターンしてゆっくりとペダルを漕いだ。午前三時十分になっていた。どこかで野良猫が戦っているような気配がしたが、人の死を連想させるような物音はどこからも聞こえてはこなかった。

そうやって金門街を二往復したときだった。なにか大きなものが落下する音が耳朶《じだ》を打った。ブレーキを引いてふりかえる。コンビニの明かりと闇がぶつかりあうあたりに、なにかが落ちていた。

高鳴る鼓動にかすかな眩暈《めまい》を覚えながら腕時計をのぞくと、午前三時二十三分だった。春陽の頭に真っ先に浮かんだのは、自分の時計は二分遅れているのかもしれないということだった。

自転車を反転させ、ペダルを踏みしめてコンビニの明かりを目指す。近づくにつれ、アスファルトに倒れている物体が人の輪郭を持った。

ブレーキを引くと、タイヤが軋《きし》りながら止まった。

血を流して倒れている女の子は、コンビニの制服を着たままだった。春陽は動かない女の子から視線を引き剝がし、低いビルに切り取られた夜空を見上げた。女の子が倒れている場所から考えて、せいぜい三階くらいの高さしかないビルから飛び降りたようだった。

その高さと死が、上手く結びつかなかった。十階ならわかる。しかし三階でも人が死ねることに気づき、愕然とした。

彼はその場から立ち去った。コンビニの公衆電話から通報したが、救急車の到着を待ったりはしなかった。家へ帰る道すがら、ぼんやりと死について考えた。死は学校で学ぶ数学でも理科でもない、死がその気になれば木蓮の花が頭に落っこちてきたって人は死ぬんだ、そんなふうに思った。

和平西路と南海《なんかい》路が交わる交差点で、信号が赤に変わった。車の往来はなかったが、ほとんどなにも考えられないまま自転車を停めていた。闇ににじむ赤信号を見ているうちに、自分が泣いていることに気がついた。これほどまでに死に近づいたのは、父親が車に轢《ひ》かれて死んだとき以来だった。父親は酒を飲んだ帰り道に、ゆっくりとバックしてきた車に当たって死んだのだった。

春陽は声を殺して嗚咽《おえつ》した。信号が青に変わっても、自転車を出すことができなかった。彼を跳び上がらせたのは、ポケットのなかで振動するスマホだった。死がつぎにどこへ出没するのかを教えてくれるスマホ。

すこしためらい、しかしけっきょくはポケットに手を差しこんだ。指先がスマホに触れるのと、後頭部に理解不能な衝撃が走るのと、ほとんど同時だった。

自転車が凶暴な音を立ててひっくりかえり、アスファルトがべったりと頰に張りついた。男のスニーカーが、斜めになった視界をよぎっていく。なんとか体を起こそうとしたが、二発目が頭頂にふり下ろされて、すべてが暗転した。

薄目を開けたまま、しばらくなにも考えられなかった。頰がコンクリートに張りついている。埃と土のにおい。眼球を動かすと、後頭部に鈍痛が走った。

体を起こし、床にすわるだけのことが、えらく難儀だった。頭に触れると、ひんやりと濡れている。手についた血を見て、ようやく傷口がカッカと燃えだした。

「幹《くそ》……」

殺風景な部屋には窓がなく、木のドアがひとつあるきりだった。木のテーブルと中綿の飛び出たひとり掛けのソファ。春陽はふらふらと立ち上がり、あまり期待もせずに、ドアの把手《とって》をまわしてみた。案の定びくともしない。そこで力まかせにたたいてみた。

「開けてくれ！　だれかいないのか？　おい！　だれか開けてくれ！」

自分の声が頭の傷に響いたが、やめようとは思わなかった。ドアはさほど厚くない。たたいているうち、もしかしたら体当りでぶち破れるのではないかと思い実践してみた。窓ガラスにぶつかる蠅みたいに、はじきかえされただけだった。

ソファに体を投げ出すと、しばらくわめいたり叫んだりして、手足をバタつかせた。それから、この状況を理解しようとした。自殺を図ったコンビニ店員を見たあと、何者かに頭を殴られた。はっきりとわかっているのは、それだけだった。デジタル表示の腕時計を見ると、すでに午前九時をだいぶまわっていた。明日や明後日の午前九時ではない。あれからまだ五、六時間しか経っていないのだ。

ハッと思い立って、ポケットからスマホを取り出す。画面に表示されている地図には赤いバルーンが立っていて、触れると〈1815〉という数字があらわれた。瞬間、春陽の脳裏をよぎったのは、今日の午後六時十五分に死ぬのはほかのだれでもなく、自分なのではないかという恐怖だった。

「そんなわけあるか」

かぶりをふって、その考えを打ち消した。だいたい、ここがどこかもわからないのだ。そう思ってあらためて部屋を見まわすと、湿った土のにおいが鼻についた。どうやら、どこかの地下室に閉じこめられているようだ。その証拠に、地下水が天井から染み出している。春陽は長いこと思案し、それからポケットナイフをひっぱりだしてじっと刃先を見つめた。

ドアの蝶番《ちょうつがい》をはずしてみようと思い至ったときには、すでに午前十一時近くになっていた。春陽はナイフの刃をパチリと閉じ、かわりにビクトリノックスにごてごてとくっついているツールをひとつずつひっぱり出してみた。マイナスドライバーを見つけたときには心が躍った。

すぐさまドア下部の蝶番に挑みかかった。錆《さ》びついてはいたが、まったくお手上げというわけでもなさそうだ。ドライバーが滑って何度か自分を刺しそうになりながらも、時間を忘れてネジと格闘をつづけた。そのようにしてようやく峠を越してネジがまわりだしたころ、かすかな足音が耳に飛びこんできたのだった。

春陽はソファのうしろへ飛びすさり、ドアを睨みつけながらナイフをひっぱり出して後手に隠し持った。

ゆっくりと近づいてくる足音はなんの気負いもなく、つまり春陽が期待していたような重さやおどろおどろしさはなく、ある種の軽やかさすら感じられた。掌《てのひら》がじっとりと汗ばむ。ナイフで人を刺す不安よりも、刺せない恐怖のほうが優った。

足音がドアのまえでやみ、永遠とも思える静寂のあとで、ドアを解錠する音が響き渡った。

春陽は目を見張った。

引き開けられたドアの陰から姿をあらわしたのは、自分とさほど年恰好のちがわない少年だった。ビニールの前掛けをつけて肉切り包丁を握りしめた太っちょを想像していたわけではないが、これはいくらなんでも意外すぎた。眉毛にあわせて切りそろえた前髪の下で、ふたつの目がこちらを静かにうかがっている。黒っぽい長袖シャツは、いちばん上までボタンがきちんと留められていた。身長はいいところ百七十センチで、もしかすると春陽より低いかもしれない。こんな少年に打ち倒されたことが、にわかには信じられなかった。だから、それをそのまま口にした。

「おまえがおれを殴ったのか？」

相手の双眸が薄暗がりのなかで蠢《うごめ》く。春陽は笑われたように感じた。実際、少年は春陽に背中を見せてドアを閉め、施錠してからゆっくりとふりかえった。

「ふざけやがって」持っていたナイフを順手に持った。「その鍵をよこせ」

「きみのスマホ」その声は細く、まろやかで、ほとんど優雅ですらあった。「壊れてるよね」

春陽は腰だめに構えた。

「なぜ壊れたスマホを持ってるの？」

相手が言い終わるまえに、春陽は罵声をあげて飛びかかっていった。手首に痛みを感じたのは、ナイフをたたき落とされた数秒後のことだった。命綱のナイフがコンクリート床をすべっていく。状況が理解できないまま、春陽は手首を押さえてうずくまった。痛みの表面をしびれが走り、次いで熱が広がった。涙に潤んだ目を上げると、相手がスプレー缶のようなものを顔に突きつけていた。

ひんやりとした噴霧を感じるのと、目に激痛が走るのと、ほとんど同時だった。反射的に顔をそむけたが、遅かった。立ち上がろうとして、激しい咳に邪魔された。凶暴な咳に負けじと、まるで蛇口でもひねったかのように涙と鼻水がほとばしる。霞む視界のむこう側で、ナイフを拾いあげる少年が見えた。

「待て！」

しかし咳に穴だらけにされた言葉では、相手を止めることはできなかった。

「ただの催涙スプレーだよ」部屋を出ていくまえに、少年は春陽に一瞥《いちべつ》をくれた。

「きみが落ち着いたころにまた来るよ」

錠のかかる音が、冷たく谺《こだま》した。


少年がつぎにやってきたのは、それから二時間ほど経ったあとだった。最前とおなじように足音がドアの外で止まった。さっきとちがうのは、ドアの外から声をかけられたことだった。

「きみの声を聞かせてくれ」

ドアの脇に身を潜めていた春陽は、相手の要求に応えることができなかった。

「ドアのそばで待ち伏せられてたら困る」また声がとどいた。「だから、なにかしゃべってくれ」

「幹《くそ》！」春陽は壁を殴りつけた。「おまえのせいで手首が折れたぞ」

「やっぱりドアのそばにいたね。ソファのところまでさがって」

「やなこった」

「じゃあ、このまま飢え死にするか？」

「……………」

「ここは取り壊しを待つばかりの廃墟だ」諭すような声だった。「だれもたすけにこないよ。さあ、食べ物を持ってきたんだ」

春陽はもう一度壁を蹴飛ばしてから、ソファに身を投げ出した。

「これでいいかよ、くそったれめ！」

するとドアが解錠され、少年がするりと入ってきた。手にビニール袋を提げている。パンの香ばしいにおいが、春陽の空きっ腹を刺激した。

「手首を見せて」

春陽が不承不承《ふしょうぶしょう》言われたとおりにすると、少年が言葉を継いだ。

「ずいぶん腫れてるね」

「おまえが折ったんだ」

「折れてはいないと思う」

「なんでわかる？　医者か、おまえ？」

「きみがナイフなんかふりまわすからだ」

「じゃあ、どうしろってんだ？」春陽は鼻で笑った。「ナイフってのはな、おまえみたいな変態から身を護るためにあるんだ」

「気が強いね」

「泣きわめくのが見たいのか？」

「ぼくがこんな外見だからあまり怖くないんだろうね」そう言うと、がらりと明るい口調に変わった。「さあ、パンしかないけど、すこし食べるといい」

春陽は相手が投げて寄こしたビニール袋を受け取った。

「心配しなくていい」にっこり笑ったその顔には、他人を和《なご》ませるなにかがあった。

「毒なんか入ってないから」

敵の笑顔にほだされそうになった自分に腹を立てながら、春陽は意固地になってパンにかぶりついた。

少年はそのまま春陽がパンを平らげていくのを静かに見守り、頃合いを見計らって切り出した。

「昨日の夜……というか、今日の未明だね。きみもあのコンビニ店員が飛び降り自殺するのを見たよね」

咀嚼《そしやく》する春陽の口が止まる。

「なぜ彼女があの時間、あの場所で死ぬことがわかったの？」

「なに言ってんだ、おれは――」

「ひょっとしてスマホに表示されてた？」

パンが喉に詰まり、あわててミネラルウォーターで胃に流しこむ。

「ぼくはきみのスマホを取り上げようとした」咳きこむ春陽を見つめながら、少年はつづけた。「でも、きみのスマホは壊れてるよね。ぜんぜん電源が入らなかった。だから、そのままにしといた。どうして壊れたスマホを持ち歩いてるのかな？」

「なにか知ってるのか？」わななく声を、力ずくで押し出した。「おまえはこのけったいなスマホについてなにか知ってるんだな？」

「ぼくのは物乞いの婆さんから奪った」

「え？」

「むかつく婆さんだったから友達と襲ったんだ。襲ったといっても、うしろから突き飛ばしただけさ。倒れた婆さんの手からスマホを奪って逃げた。壊れていたよ、そのスマホ。もとから壊れていたのか、婆さんが倒れた拍子に壊れたのかはわからないけどね。いちおう戦利品だから捨てずに家に持ち帰ったら、その夜、急に電源が入ったんだ。地図が表示されて、バルーンが立っていた。そのバルーンをタッチすると

「——」

「人が死ぬ時間が表示された」

「やっぱり」彼の顔に笑みが広がった。「やっぱりそうか」

「なんなんだ、いったいぜんたい？」

「わからない」そう言って、少年はかぶりをふった。「でも、わかっていることもある。そういう情報を摑んだら、ぼくもきみも現場に行ってみなければ気が済まない類《たぐい》の人間だってことだ」

「………」

「考えてみたらおかしな話だ。だれかをたすけるわけでもなく、他人が死ぬところをわざわざ見に行くなんて。悪趣味にもほどがある。だけど、行かずにはいられない」

言葉を切り、「きみのスマホにいま表示されている時間は六時十五分だろ？」

春陽は相手を睨みつけた。

「つまり、あと三時間ほどある」少年はちらりと腕時計に目を落とした。「時間になったらまた来るよ」

部屋を出ていく少年の背中を、春陽はただ見送ることしかできなかった。

放心状態から覚めると、春陽はソファをドアのところへ運んで上部の蝶番を屈服させようと奮闘した。素手ではとても太刀打ちできない。そうかといって、ビクトリノックスは取り上げられてしまった。ソファをひっくりかえして底に張った布を引き裂いてみたが、手に入ったのはどうにも使えそうにない錆びたバネだけだった。どうにかバネをのばし（そのせいで掌をざっくりと切ってしまった）、いつか観た映画みたいにドアの鍵穴に突っこんでピッキングの真似事をしてみたが、疲弊した金属が鍵穴のなかでポッキリ折れてしまい、どうやっても取り出せなくなってしまった。怒り狂って何度も蹴飛ばしたが、下部の蝶番を失ってなお、ドアは堅牢《けんろう》だった。

なにか使えるものはないか？

爪を噛みながらあたりを見まわすと、コンクリート打ちっぱなしの部屋がぐるぐるまわっているような気がして吐き気を催した。もしも短パンのポケットに家の鍵が入っていることに思いが至らなければ、ほんとうに吐いていたかもしれない。春陽はすぐさま鍵を蝶番のネジ山にあてがった。どうやっても入らない。

「幹《くそ》！」

力ずくでねじこもうとしたが、あせればあせるほどネジ山を崩してしまうばかりだった。腕時計に目を走らせる。午後五時をすこしまわっていた。あたりの物音に耳を澄ましてみた。登下校の気配やゴミ収集車の流す音楽でも聞こえれば、自分の居場所がわかる。居場所の見当さえつけば、午後六時十五分に死が訪れるのがほんとうにこかどうかの判断がつく。が、かろうじて聞こえてきたのは、頭上を飛んでいく飛行機の音だけだった。

ほとんどなにも考えられないまま、春陽はコンクリートの地面で鍵を研《と》ぎだした。すこしでも鍵を削って、どうにかネジ山に咬ませる。頭にあるのはそれだけだった。一心不乱に手を動かした。コンクリートが削れて床に白っぽいひっかき傷がつき、それがだんだん広がっていく。

すぐにこれでは間に合わないと悟った。

それでも、せっせと鍵を削りつづけた。いつしかネジ山のことが頭から蒸発し、鍵を尖らせることだけに意識を集中していた。鍵山がすこしずつならされ、先端が徐々に尖っていく。それを指のあいだから出して殴りつければ、あいつを倒せるかもしれない。途中で一度だけ鍵を蝶番のネジ山にあてがってみたが、やはりだめだった。だから、また作業に戻った。そうやって闇雲に鍵をコンクリートにこすりつけているうちに、また足音が聞こえてきた。

春陽は舌打ちをして、ソファがもとあった場所までさがった。右手の人差し指と中指のあいだから、なにもないよりはすこしマシな鍵の先端を突き出し、手のなかで鍵の頭をぎゅっと握りしめた。

「声を聞かせてくれ」ドアの外で少年が言った。

「そのドアは開かないぜ」春陽は怒鳴りかえした。「おれが鍵穴をふさいだからな」

把手を無駄にまわしている少年の姿が、ドア越しに見えたような気がした。短い沈黙のあと、足音が遠ざかっていった。その足取りからは焦りも苛立ちも感じられず、それどころか安堵《あんど》すらしているようだった。

足音がすっかり聞こえなくなると春陽はしばし途方に暮れ、それから右手で何度かソファの背を殴ってみた。指のあいだから突き出た鍵が、合成皮革に心許ない穴を数個穿《うが》った。つぎに相手の顔を切り裂く要領で、角度をつけて拳をふるった。たしかな手応えがあった。ソファがばっくりと裂け、中綿が飛び出した。

出し抜けになにかがドアにぶつかり、肝が冷えるほどの大きな音を立てた。体からたたき出された心臓を追いかけるようにして春陽はあとずさりしたが、どうやら少年が外からドアを壊そうとしているようだった。衝撃音とともに二度、三度とドアがたわみ、四度目でついに把手がはじけ飛んだ。

一か八か、こちらから先制攻撃をするべきだ。そんなことはわかっていたが、足がすくんで動かなかった。春陽はただ目を丸くして、ゆっくりと引き開けられるドアを見ていることしかできなかった。

「きみのせいで説明する時間が足りなくなったかもしれない」

少年は抑揚のない声でそう言ったが、春陽を責めているような口調ではなかった。ちらりとドア脇に移動されたソファを見やり、手に持っていた消火器をそこに置いた。

「もうあまり時間がない」

春陽が腕時計を見ると、もうすぐ午後六時になろうとしていた。

「これからぼくの言うことを、口を差しはさまずに聞いてくれ」

手のなかの鍵を握りしめた。

少年の背後ではドアが開きっぱなしになっていて、夕陽に染まったコンクリート壁が見えていた。飛びかかるなら、いましかない。もしくは、大声でたすけを呼ぶか。どちらもできなかった。それほどまでに少年のたたずまいには神聖で、迂闊に冒してはならない威厳のようなものが備わっていた。

「いま、この瞬間まで、ぼくはきみを殺すかどうか迷っていた」少年が言った。「きみがどうやってそのスマホを手に入れたのかは、もうどうでもいい。たぶん、奪うか盗むかしたんだろう。ぼくは一年ほどまえに物乞いの老婆を襲ってスマホを奪った。壊れてるのに、人が死ぬときだけ時間と場所を教えてくれる。きみのもそうだろう？そしてぼくもきみものこのこ死を見物に出かけた。人の死に立ち会うのは、抗いがたい魅力がある。すくなくともぼくにとってはそうだった。だから、何度もスマホが教えてくれる場所に行ったよ——口をはさむなと言ったろ！」

恫喝《どうかつ》されて、春陽は口をつぐんだ。

「悪かった……でも、時間がないんだ」少年は哀願するように言った。「これはきみも知っておかなければならないことなんだ」

ふたりの視線が束の間、まるで友達同士のように絡みあった。そこにはたしかに思いやりのようなものがあった。少年は咳払いをひとつしてからつづけた。

「台湾大学での殺人事件のことは知ってる？」

春陽の脳裏に、花燈の夜が蘇《よみがえ》った。物乞いの老婆からスマホを奪って帰宅すると、祖母が居間でうたた寝をしていた。そのときつけっぱなしのテレビで報じられていたのが、台湾大学の構内で起きた殺人事件のニュースだった。

「首の骨をたたき折られていたやつか？」

「ぼくがやった」

思わず後ずさる春陽。それに吸い寄せられるようにして、少年が足を一歩踏み出した。

「近づくな！」鍵を握りしめた拳を突き出していた。「動くな！」

「ごめん」少年の顔が崩れ、いまにも泣きだすのではないかと思われた。「ごめん……もう近づかないよ」

「おまえが……ほんとうにおまえが……」

「やるしかなかったんだ」少年の声はふるえていた。「どういうことか、さっぱりわからない。呪いのようなものなんだと思う。きみとおなじように、ぼくも死を見物に出かけた。正直、楽しみにしていたよ。スマホが振動すると、心が躍るようになった。ある日、バルーンが立った地図を見てびっくりした。そこはぼくの父親が勤めている会社だった。予告された時間は夜の十時ごろだった。その日、父は残業していた。ぼくはとにかく父の会社へ出かけていった。父に電話をかけると、すこし疲れた声がかえってきた。すこし疲れていたけど、いつもの父の声だった。だけど、父は死んだ。心臓麻痺だった。その夜、残業していたのは父だけじゃない。会社にはほかにも人がいた。なのに、ほかのだれでもなく、父が死んだんだ」

沈黙が流れた。

「ぼくは考えた」彼はつづけた。声のふるえは収まっていた。「これは罰なんだ。人の死を楽しんだ者への罰……そして、ひとつの仮説を立てた。スマホが教えてくれるのは死の場所と時間だけで、だれか特定の人物じゃない。もしあの日……父が死んだ日にべつの人間がさきに死んでいたら、父は死なずに済んだんじゃないか」

「じゃあ、台湾大学のなかで殺されたやつは——」

「家族を守るために殺した」

「そんな！　そんな理由で——」

「そう、そんな理由でぼくはあのかわいそうな大学生を殺した。田舎から出てきたばかりの、気のいい人だったよ。立法院に就職して、家族に楽をさせてやりたいと言っていた。ぼくは道に迷ったふりをして彼に近づいた。だれでもよかったんだ。たまたま彼がそこにいたから道案内をさせた。で、隙を見て彼の首のうしろを鉄パイプで殴った。そのおかげかどうかは知らないけれど、医学部にかようぼくの姉はまだ生きているよ」

春陽は奥歯を噛みしめた。

たぶん、と少年は言った。「好奇心に負けてだれかの死を楽しんでしまったら、つぎは自分がほかのだれかに死を提供しなきゃならないんだ。さもなければ、大切な人がひとりずつ死んでいく」

「じゃあ、なんでおれを襲った？」その声はかすれていた。「おれは信号待ちをしていただけだったんだぞ。あの時間のあんな場所に、おまえの家族のだれかがいたとでも言うのか？」

「わからない」

「わからない？」

「でも、スマホの表示が変わったんだ」

「ぼくは金門街からきみを尾《つ》けていた。あの交差点にさしかかったとき、きみが信号待ちをしている場所に黒いバルーンが立った」

「黒いバルーン……」

「それがなにを意味するのかはわからない。でも、それがぼくへのメッセージだということはわかる」少年は大きく息を吸った。「もしかすると、ぼくの罰はつぎの段階に入ったのかもしれない」

「つぎの段階？」

「ぼくはきみを殺そうと思った。だけど、ぼくが新しく立てた仮説が正しいとしたら、これからもおなじようなことがつづく」

「新しい仮説って？」

まるで夢から覚めたかのように、少年は腕時計に目を落とした。春陽もつられてそうした。予告された時間まで、もうどれほども残っていなかった。

「ぼくにはもうこれ以上は無理だ」

そう言うなり、少年はポケットからなにかを取り出して口に入れた。喉をのばしてごくりと嚥下《えんげ》する。

「きみには悪いことをした」

それが彼の最期の言葉だった。

「おい、新しい仮説ってなんだよ!?」春陽は頭を抱えて右往左往した。「おい！　なんとか言えよ！」

しかし一分も経たないうちに少年は激しく苦しみだし、三分と経たないうちに床の上でのたうちまわり、五分で血を大量に吐き、十分後にはまったく動かなくなった。

静まりかえった部屋のなかで、春陽はただ茫然《ぼうぜん》と立ち尽くしていた。

夕風が吹きこみ、死人の髪をやさしく撫でていく。開きっぱなしになっているドアが、どこかべつの次元へとつづいているような気がした。

なにも考えられなかった。

監禁部屋を出ると、そこは地下室などではなく、どこかの廃ビルの屋上だった。囲い塀はすでに取り壊されていて、ロープすら張り渡していない。春陽はゆっくりと屋上の縁に近づき、眼下に広がる灰色の街並みを眺めやった。青い夕闇がいたるところで蠢いていた。

ポケットが振動し、我にかえる。

しかし取り出したスマホの画面は真っ暗で、なにも表示されてはいなかった。気のせいか。それでも、春陽はスマホから目を離すことができなかった。春の到来を予感させる暖かな風に吹かれながら、檳榔樹《びんろうじゅ》の葉擦れの音を聞きながら、彼は母親の勧める和平病院にバルーンが立っている画面を、もうすでにおびえながら期待していた。

作者の言葉　東山彰良

「ホラーなんすよね」

　この豪華な執筆陣に交ぜてもらえるならアンソロジーでもなんでも書きますよという私の言質《げんち》を取ってから、編集者S氏は後出しじゃんけんよろしく、しれっとテーマを明かしたのです。

　うっ、と言葉に詰まりました。

　ホラーなど書いたことがないというのも理由のひとつですが、私の心中をよぎった不安は、面白半分であの世のことに手を出してはならぬという子供時分からの戒めでした。

　まずろくなことにならない。

　できあがった短編がくだらないくらいならまだしも、まかり間違えば孤魂野鬼のお怒りを買い、あっち側へ引っ立てられてしまうかもしれません。

　しかし、考えてみれば作家にとって編集者とは幽鬼より恐ろしく、仕事をくれるうちが華で、下手を打てば即日おまんまの食い上げです。なにより、薬丸さんの作品を拝読して、脳みそがスパークしました。この怪談を受けて、ぜひなにか書いてみたい！

　そんなわけで、どうせ成仏するなら書くだけ書いてやれという悲壮な心持ちで、書かせてもらいました。ほかの方々の作品がどれもスマートなのに、私のだけが泥臭いのは、そうしたわけなのです。

　記念写真かあ……我々の背後に、六人目が写りこむ気遣いはないですかね？

夢・を・殺す

宮内悠介

画面は明るい黄緑色で埋めつくされ、周囲を黒の背景色でふちどられている。お父さんもお母さんも、これを見ても何も感じないし思わない。けれどぼくは、ぼくの脳は、この何もない画面に一面に広がる平野を見出している。

外からの蟬の声のほかは、かりかりとフロッピーディスクが読まれる音が聞こえるだけだ。ぼくの作ったプログラムはやがて初期化を進め、木々や小川のグラフィックがぽつぽつと描かれはじめる。自分の手のなかで、新たな宇宙が生まれてくるのが、確かな実感として感じられる。この歓びは何にもかえられない。この木々も、小川も、人が見ればただの緑の三角や青い四角でしかないのだとしても。

勉強もしないで記号と戯《たわむ》れるぼくのことを、両親がまるで化け物でも生んでしまったように薄気味悪く感じていることは伝わってくる。それはもう、いやというほどに。大人たちが見るものは、いつだって人間だけだと思う。ぼくのプログラムを通して彼らが見るのは、ぼくという理解できない化け物。彼らは、どこで育てかたを間違えたのだろうと考える。そして、ぼくにとってかけがえのない、この手のなかの小さな宇宙は、誰にも顧みられず、打ち棄てられる。

いや。一人だけ例外がいる。

従兄弟《いとこ》だ。

ぼくの二つ上にあたる母方の従兄弟は、いま、次に何が起きるのかと期待し、じっと目の前のブラウン管に見入っている。この三角や四角でできた画面に、実在を見出してくれている。それはそうだ。ぼくにプログラミングを教えてくれたのも、小五の春に、MSXと呼ばれる8ビットのコンピュータを買ってもらえるよう口添えしてくれたのも、彼なのだから。

網戸越しに、温《ぬる》い風が入りこんでくる。

従兄弟の部屋は内庭に面していて、コンピュータの置かれた作業机は、ちょうど庭に出るサッシの手前にある。庭で、三毛猫が蝶を追うのが見える。ここにはいつも五、六匹の猫がいる。猫が好きな叔父が、次々に拾ってきて面倒を見るからだ。

夏休みのうちの一週間だけ、ぼくは東北の実家を離れ、この東京の親戚の家に居《い》候《そうろう》する。

その一週間に、ぼくは作りためたプログラムを大事にフロッピーディスクに収めて持参し、従兄弟に見てもらう。それが、ぼくの年に一度の楽しみなのだ。

従兄弟はぼくの自慢で、そしてあこがれだ。

ぼくがＢＡＳＩＣと呼ばれる簡単なプログラムしか書けないのに対して、高速に動く機械語を使いこなせるし、ビデオデジタイザーという機器を使って自作の映画を演出したり、家族で使える風呂のタイマーを電子工作で作ってみたりと、すぐに何か思いついては、それを実行する。ＭＳＸのＯＳはほかのコンピュータと互換性があるからと、同級生の女の子と交換日記をやっていたりもするのは、あこがれを通り越して、羨《うらや》ましい。同じ趣味をもちながら、それを周囲の人たちとつないでいる。ぼくからすれば、それが彼の驚くべきところだ。

ぼくの自慢のゲームはまだはじまらない。

木々や小川を表示するのは、間をもたせるためだ。そのあいだ、プログラムは裏で三角関数の計算といった初期設定を進めている。そっと網戸に触れ、庭に目をやってみる。網戸のふるいを通して見る、無数の四角形に分割された景色がぼくは好きだ。それは、非力なコンピュータでそれらしい映像を再現するヒントにもなる。

やがて、お母さんが「ピコピコ」と呼ぶＢＧＭが流れはじめる。

動き出したのだ。

従兄弟が画面上の指示にしたがい、たん、とスペースバーを叩く。画面の真ん中に主人公のキャラクタが表示され、従兄弟がそれを見て微笑《ほほえ》む。

「スプライトの扱いが上手いね」

妖精《スプライト》というのは、ＭＳＸの映像用のプロセッサに搭載されている機能で、文字通り妖精のように、背景にキャラクタを重ね合わせて表示することができる。機種は異なるけれど、ファミコンのマリオも、ぼくらの名が冠されるＲＰＧの勇者も、すべてこのスプライトによって描き出されている。

従兄弟はすでに唇を尖らせ、ぼくのゲームを動かしはじめている。こんなときに唇を尖らせるあたりは、自分と同じ血を感じさせもする。二、三の敵が倒されたところで、従兄弟がふと気づいたように、こちらに視線を戻した。

「このＢＧＭ、どうやってるの？」

わかってくれた。

ＢＧＭが流れるのは、今回の自慢の一つだ。というのも、音楽は処理に時間を食うので、ゲームで鳴らすためには、通常は従兄弟がやるような機械語のプログラムが求められる。けれど、処理さえ切り詰めればぼくでも鳴らせる。今回は、こちらが得意になる番だ。

「時間ごとに一つの命令で済むよう、作曲のほうを工夫した」

「そりゃ考えなかったな」軽く、従兄弟が前のめりになる。「すごいよ、新《しん》くん」

年に一度、従兄弟にそういわせるのが、いわばぼくの生きがいだ。

もちろんこのあとには、従兄弟の作ったゲームに打ちのめされることになる。従兄弟は技術力にものをいわせた擬似的な立体表現が得意で、これまで幾度か、雑誌の投稿プログラム欄に掲載されたりもしている。

従兄弟が体勢を戻した。腰を据え、ぼくのゲームにとり組むつもりのようだ。

やることのないぼくは彼の書架に目を這《は》わせ――技術書とともに、従兄弟のプログラムが掲載された雑誌もある――やがて、一つの見慣れない題名に釘づけになった。

〝機械の中の幽霊〟という名の本だ。

「これは？」

集中していた従兄弟はしばらく応えず、そのうちに、ああ、と口のなかでつぶやいて、キーボードのポーズボタンを押す。これは、コンピュータの中央演算素子《CPU》それ自体を止めてしまうという、なかなか豪快なボタンだ。

「間違えて買っちゃったんだ。技術に関係するものかなって」

「どういう本なの？」

「そうだな、ううん……哲学、っていうのかな。正直難しくてわからない。ただ、題名の意味はこう。ぼくたちは心と身体が一つなのではなくて、身体という機械に棲む幽霊なんだとか。その本のいっていることは、もっと複雑みたいなんだけどね」

「……スプライトみたいに？」

ぼくが瞬《まばた》きをして、従兄弟が笑う。

「そう、スプライトみたいに」

まるで秘密を交わしあうみたいに、ぼくたちはプログラミングの専門用語でやりとりをする。

それは何よりも密な関係だと感じられる。家族や、まだ経験はないけれど、恋よりも。

コンピュータの仮想の現実にのめりこむぼくは、お父さんやお母さんからすれば、理解しがたい化け物だ。だから、ぼくがぼくでいられるのは、居場所があると感じられるのは、この夏の短い一週間だけだ。

会社のホワイトボードを前に、ぼくは軽くため息をついた。ボードは五十個あまりの赤や緑のマグネットで埋めつくされている。それぞれのマグネットには数字を書いた紙が貼られ、「新」や「桂《けい》」といったスタッフごとに区分けして配置されている。

ぼくは「26」と書かれたマグネットを手にとり、ボード上の「デバッグ済」の欄へ移した。

開発中のプロジェクトが抱えている不具合《バグ》の一覧と、担当の割り振りなのだ。

もとはといえば、プロジェクトマネージャーであるぼくが表計算ソフトを使って回していたものだ。ところが、バグが増えていくにつれて、このままでは間にあわないのではないか、スタッフの危機意識が不足しているのではないかと取引先が危惧《きぐ》しはじめ、慌てた社長が「見える化」――なんと人を馬鹿にした言葉だろう――を提唱した。その結果が、このホワイトボードだ。

ほかの皆がどう感じているかはわからない。

ただ、ぼくはこのボードを厭《いと》わしく思っている。

あえていわれずとも、部下のプログラマたちが誰よりも危機感を抱いている。取引先の上役なんかよりもだ。それをこうして、まるで脅しでもするように全員の前に掲示して、皆はどう思うだろう。なかには、メンタルヘルスの問題を抱えるスタッフだっている。ぼくは社長に反撥《はんぱつ》したが、相手も頑と譲らず、結局、こちらが折れる形になってしまった。

一度思いついたことを、社長は必ず実行する。

起業したての会社なので、それはときに強い推進力になる。とはいえ、反対意見を聞き入れてもらえないのは、ぼくにとっても、皆にとってもこたえる。このあたりは一長一短だ。どうあれ、きめられたものについては、ぼくも協力してことにあたるし、スタッフの前では、このボードが最善の手法であるかのように振舞う。皆からどう思われているかは、考えたくない。

ゆっくりとエアコンが動き、ぼくの頭から足にかけて冷風を送った。

窓は閉め切られている。だから、蟬の声もここまでは届かない。

食後に起きていた胃のあたりの痛みが、このごろは空腹時にも起きるようになった。一歩あとずさり、ボードを俯瞰《ふかん》してみる。おそらく、納期までにはなんとかなる。ただし、桂をはじめとした皆の長時間労働を前提とするなら。皆に向けてのせめての遊び心にと、ぼくはホワイトボード用のマーカーを手にとって、いましがた動かしたマグネットの上に猫の耳をつけた。

スタッフの総数は社長以下、経理などを含めて十八人。

零細もいいところだが、起業時に三人だったことを考えると、六倍に増えた計算だ。ただ、それを喜ぶべきかはわからない。もとは、ゲーム開発を志して立ち上げた会社だった。オリジナルタイトルの〝星だけがある街〟は、派手さこそないものの、これまでにない3D演出に加え、なんともいえない滋味があるとして海外でも評価を受けた。が、それきりだ。セールスは振るわず、いまのところ、最初で最後の自社製品となってしまった。

立ち上げに参加した三人のうち、一人はとうに辞めていき、別のソフトハウスへ転職した。

彼の選択が正しかったのかどうか、それはわからない。

ともあれ、いまは下請け仕事が業務のすべてだ。稼ぎ頭になってくれているのは、パチンコ台の開発。パチンコの多くは、いまだにZ80という昔ながらの8ビットの演算素子を利用している。皮肉なことに、子供時代にゲームを作っていたコンピュータと同じなのだ。幸いであったのは、当時の技術が援用できることと、そして、いま8ビットの開発ができる技術者が減り、高齢化しているらしいことだ。かくして、ぼくらはパチンコ台の開発の仕事を得て、月々のキャッシュフローに胃を痛めつつも、十八人の所帯を回している。バグが多いのは、着手したての、まだ皆になじみのない仕事だからでもある。

事務やグラフィッカーを除いて、技術者は十八人のうち十二人。

その主力となるのが、ぼくと桂の二人だ。

ソフト開発には「二割八割の法則」というものがあり、だいたい、技術者のうちの二割が成果の大部分をあげ、残りの八割は思うような成果を出さない――とされる。うちの場合は、八割にあたる技術者を、スマートフォン向けの簡単なアプリ開発にあてている。ちなみに、二割のみを残して八割をリストラしたらどうなるのか。ふたたび、残ったメンバーが二割と八割に分かれるらしい。人間社会の妙だ。子供時代よりは人とつきあう術《すべ》を身につけたいまだけれど、人間については、いまだ、ぼくにとってわからないことだらけだ。

人はいつでも不可解で、合理的には動かない。

そして、技術職は回路図やプログラムと向きあうものと思われがちだが、ほかのどの仕事とも同じように、人と向きあう仕事だ。うちは引き受けていないが、カーナビゲーションといった大きな開発の場合、一日あたり、たった四行のプログラムしか書けない計算になる。残りは、発注元との打ち合わせや折衝、マネジメントや会議、検証といった時間だ。

つい突っ立ってしまった。そのぼくの目の前で、もう一つのマグネットが動かされた。

桂だ。

彼女はなぜうちへ来てくれたのかと疑うような技術者で、いまでこそ昔ながらの8ビットの開発をやっているが、ビジネスアプリからＡＩといった先端技術まで、職能は手広い。何より、堅実でミスが少ないので助かる。若干やつれて見えるのは、連日の残業によるものか。

いつもぼくは、彼女が辞めてしまうのではないかと、そればかりを怖れている。昼休みに弁当を食べながら海外の論文を読むような彼女が、いつまでもパチンコ台のような原始的で泥くさい仕事をつづけてくれるのだろうか。

このホワイトボードとて、いってしまえば、皆が愚かであることを前提としたシステムだ。

――こんなことでは、できる技術者から辞めてしまいます。

そう訴えるぼくを無視して、紙に数字を書いてマグネット一つひとつに貼りつける作業を総務に命じた社長の顔が、苦く思い出された。

桂が軽く微笑んでから、ぼくを真似てマグネットの上に犬の耳を描いた。それから、ぼくの欄にずっととどまっている「6」のマグネットを指さした。

「これ、あいかわらずですね」

番号が若いのは、前から発見されていながら、なおも残りつづけているバグということだ。社内では〝幽霊バグ〟の俗称で通っている。内容は、予期しないタイミングで、ありもしないはずのキャラクタが画面に映りこんでしまうというもの。そのような処理は、いっさい入れていないにもかかわらずだ。

疑われるのは、画面の表示を司る映像出力素子《VDP》。ところが、これは直接に制御できないし、内部で何が起こっているかがわからない。そしてこの手の素子には、えてして文書化されていない裏の仕様がある。それで、ぼくは幾度となくメーカーに問いあわせてきたのだったが、うちのような零細は相手にしてもらえないのか、いまのところ、梨のつぶてだ。

かくして、〝幽霊バグ〟はいまもホワイトボードのぼくの欄に存在しつづけている。

「とにかく影響を受けやすい社長でさ……」

愚痴を一つこぼして、とん、と猪口《ちょこ》を卓上に置いた。

都心からやや離れたところにある、知る人ぞ知るといわれる日本酒居酒屋だ。テーブルを囲んでいるのは、学生時代からの仲間たち。まだ学生気分が抜けないのか、それとも日々のストレスに耐えかねてか、ぼくらは月に一度ほど、こうして集まっては呑み、休載中の漫画の先を予想したり、ここにいる誰が次に結婚するかなどと、他愛ない話に花を咲かせる。

けれど、その日は疲れていたのか、ぼくはつい仕事の話ばかりしてしまった。

「特に、取引先の社長がたらしでね。すぐ、いいくるめられちまう。で、しわ寄せは俺たち技術。これじゃ、なんのために起業したのかも——」

そこまで一気に話してから、ぼくは黒龍の〝しずく〟を追加で頼む。

皆、食べるくらいしか楽しみのない生活で舌が肥え、かつて集まっていたような安い居酒屋を好まなくなった。管理職とはいえ、零細勤めのぼくの財布にはやや厳しい。背伸びをしている感も否めない。それでも足を運ぶのは、もちろん、この場を必要としているからだ。

餓《う》えている、といってもいい。

ぼくの場合は、技術以外のあらゆることに。皆も、きっと実情は同じようなものだ。半可通なオーダーをしながら、ぼくらの心は、いまだ学生のままだ。それは服装にも表れている。上場企業に勤める山岸《やまぎし》を除けば、全員がジーンズ穿き。ついでにいうと、全員が眼鏡でもある。

「……うちもトップはそんなもんかな。宗教とかは大丈夫なの？」

訊ねたのは、組合相手のコンサルタントを務める川村《かわむら》だ。

「大きな声ではいえないけど、ときどき集められては折伏の時間がはじまるよ」

「幸いというか、そこまでじゃない。ただ、鬱《うつ》になったスタッフが増えてきて、それで社長が導入したのが、ＥＱメンタルヘルス。それで、ときたま禅とかを勧められたり……」

「ああ」と、これには心あたりがあるのか、幾人かが頷《うなず》いた。

「そう悪いものではないんだけど、宗教的には違いない。ちなみに、俺は導入に反対した。だってそうだろ。本来の問題は、個々人の負荷の大きい労働環境にある。それをスルーして、皆のメンタルヘルスをよそに外注するなんて……」

語尾を濁《にご》し、ぼくはいまさら穏当な表現を探る。

「……少なくとも、松下幸之助《まつしたこうのすけ》はやらなそうなことだと思う」

「おまえは大丈夫なの？」

健康かどうか、という意味だろう。訊きにくいことを軽く訊ねられるのは、山岸の美点だ。

まあ、とぼくはまた言葉を濁した。

「なんとかやっちゃいる。なんとか、ね」

嘘だ。

本当は、日に二錠の精神安定剤を服《の》んでいる。

「でも、ぎりぎりだよ。スタッフだけでも早く帰したいのに、俺の頭越しに、オン・ザ・ジョブ・トレーニングだなんだと称して、社長がスタッフにどんどん仕事を振っていく。これじゃ、マネジメントも何もあったもんじゃない。……こんなことといったら怒られるかな。もう、指示待ちの仕事にあこがれるよ。お茶汲みとか、コピーとりとかやっていたい」

「だいぶ疲れてるね」

「どうでもいい仕事も多い。こないだなんか、スタッフの主体性向上のためだとかいって――」

「出た、主体性」

「それで、査定のために技術力をはかるチェックシートを作って配付しようとなった。だいたい二時間くらいかかったかな。俺と、桂ってやつと二人で、Ａ４数枚の表を真面目に作った」

「ときどき話に出るよな、桂ちゃん」

「可愛いの？」

「ごめん、もうちょっと愚痴らせて」ぼくは面白みのない軌道修正をする。

「とにかくチェックシートは完成した。いいか、技術力についてのチェックシートだぞ。それをもって社長の判をもらいにいったら、項目を一つ加えられた。〝主体性〟ってね」

新たに来た徳利を、卓上で傾けた。

「皆が皆、主体的すぎるくらいにハードワークをこなしている。そこに、そんなシートを配られたらどんな気分になるか。俺はもう、社長が人じゃない何かにしか見えなくて――」

「忙しいと、人間から遠ざかっていくよな」低い声で川村がいう。

「ま、あれか。ブラック企業」

ずばりと断言したのは、例によって山岸だ。

「じゃあ、あれだ」川村が人差し指を立てた。「その社長さん、自分より有能な人材は雇わなかったりするだろ」

「勘がいいな」

いいあてられ、わずかに目をすがめた。

基本的に、社長は自分より優秀な人間を雇い入れない。それは、単純に相手が理解できないからというのもあるだろう。あるいは、怖れの感情もあるのだろうか。その彼が例外的に雇い入れたのが、桂だ。もしそれが、単に彼女が女性であったからだとすれば、悲しいことだ。

「……まあ、だいたいその通り」

「あと、いい車に乗ってたりする？」

「高級車。でも、それで取引先に行くのは気まずいからって、安い中古車が買い足された。あとは、すぐにマンションを引っ越したりね。とにかく、身の丈にあわないものを欲しがる」

そういって、ぼくは身の丈にあわぬ酒を舐《な》める。

ぼくの給料はというと、時世を考えれば恵まれているといっていいほうだ。贅沢《ぜいたく》をいっているのは、本当は自分かもしれない。もっとも、月百二十時間の残業代はなし。社会問題にもなった、名ばかり管理職というやつだ。

このあたりの話は、いい職場に勤めている山岸の前では、なんとなく口に出しづらい。

「はは」

山岸が急に笑い声をあげた。手元のスマートフォンで、ぼくの会社を検索したらしい。

「なんだこれ、アップル社のパクリじゃん」

「紆余曲折《うよきよくせつ》あったんだよ」

ウェブページのデザインは自分もかかわったので、これにはぼくも引け目を感じる。

「最初は、あの〝激安の殿堂〟みたいな見た目だったんだ。それが社長の趣味でね。でも、ユーザーが所有したいのは特別な価値だろう？　だから、ブランドマネジメントを提唱して……」

「もう放っておけよ」と、これは川村だ。「なんで、自分から立場を悪くしていくかな」

「にしたって、そんな提言が通じたのか？」

「無理。だから、アップル社の製品の訴求力がどこにあるかを説明して、アップルという先例に倣《なら》って、わたしたちもそうしましょうとなった。これでも、ましになったんだよ」

手を伸ばし、山岸のスマートフォンをとりあげて裏返した。

「一方、スタッフたちは月に一度、イノベーティブな製品企画のプレゼンテーションを求められる。先例主義からどうやってイノベーションを生むつもりなのかは、神のみぞ知る」

隙間時間に作った企画を却下されたときの桂の顔が浮かんだ。

話が暗くなってきたからだろうか、山岸が急に話の矛先を変えた。

「で、おまえが好きなのが、その桂ちゃんだと」

「わかんねえよ」つぶやいて、ぼくは軽く首筋を掻く。「こう忙しいと、何がなんだか……」

形ばかりの朝礼のあと、メールチェックでいきなりため息を漏らしてしまった。

取引先からの、新たなバグの報告だ。

いま、ぼくらは火曜日を仮リリース日と定め、その時点でのソフトを先方に送り、確認してもらっている。品質向上や双方の信頼構築のために、こうやってチェックポイントをもうけようというのはぼくの提案だったが、これが仇《あだ》となった。取引先の品質管理部門は、すばらしい提案ですと前のめりになり、こちらの想定以上にやる気を出してしまった。

バグ報告メールの時刻は午前二時。

元請けなのだから、もう少しゆったり構えていてほしい。でも、助かるというのも正直なところではある。むしろ、ここからがいやな作業になる。

新たなマグネットを手に、ぼくはホワイトボードの前に立つ。マグネットについた番号は、もう百五十番台にまで到達している。おそらくぼくにしか修正できないだろう、基幹部分の不具合や新規の幽霊バグを、とりあえず自分の枠にくっつける。残りが、誰に何を背負わせるかだ。

ざっと、新規の不具合と修正にかかる時間を見積もる。

まず、キーウーマンの桂だ。

ぼくの管理業務が増えていけば、ますます彼女の技術が必要になる。いまの段階から、こんな仕事のために高い負荷をかけて、彼女のモチベーションを落としたくない。とはいえ、ある程度以上に複雑なバグは、ぼくか彼女にしか直せない。だから、なるべく早い時刻に帰れるよう見積もった上で、桂の欄に複雑なバグを割り当て、あまったぶんを自分の欄に配置する。

それから、誰にでも直せるような多くの不具合を残り二人のスタッフに割り当てる。一つあたり、ぼくがやれば五分か十分。任せるとすれば、速くても十五分か、ことによると一時間。自分がやってしまいたい誘惑を振り払い、まとめて彼らの欄に配置する。

無茶な量ではない。

残念ながらそうはならないのだが、急げば定時にだって帰れるはずだ。

それにしても、プロジェクトにかかわっていないほかのスタッフからは、どう見えるか。明白だ。ぼくが、桂をひいきしているように見えることだろう。あるいは、ほかのプログラマを虐《いじ》めているようにも。これが、ホワイトボードを使ったシステムの、もう一つの弊害だ。

昨夜、友人から指摘された一言がよぎった。

いや――事実、ぼくは桂をひいきしているのだろう。でもそれは私情ではなく、会社の将来を思ってのことだ。だいたい、ほかにどうしろというのか。少なくとも、この配分が一番効率がいいのだし、納期は翌月にまで迫っている。

零細なので、充分な給与や賞与は出せない。彼らをここにつなぎとめているのは、いずれ下請けを脱してゲームを作れるかもしれないという希望だ。

その希望を搾取していることが、ただ、うしろめたかった。

初期メンバーが出席する先の経営会議では、いまの取引先と株式を交換する案を社長が出してきた。密接に一社のみとつきあうことで、定期的に仕事を得るとともに、技術の流出を防ぎ、信頼を高めあおうというものだ。最初のゲームの失敗で懲《こ》りた社長が、スタッフの安定した生活を考えた結果でもある。しかし、それではだめなのだ。ぼうっとした表情で皆が黙認するなか、ぼくだけが猛烈に反対した。

この時世に、取引先を一社に固定することには、リスクしかない。

何より、このままずっとパチンコの仕事をつづけるのか。

ゲーム作りを夢見たり、あるいは、より先端的な技術を求めるスタッフにはどう説明するのか。優秀な人間が辞め、それ以外が残る結果を生むのではないか。

そうはいったものの、社長は一度思いついた考えを譲らない。案が出された時点で、それはきまっているのだ。あえて持ち出すのは、経営会議の総意という形にするためだ。嫌なら辞めろと社長がすごみ、ぼくがなんとか自分を落ち着かせ、その日は時間となった。

和を重んじるというのは、いいことなのか、悪いことなのか。

本音では、辞めるチャンスだとも思った。と同時に、残りの皆の顔が浮かんだ。どうせ決定事項であるなら、ぼくがやるべきことは、その後の彼らの負荷がなるべく上がらないよう――たとえば、取引先への出向や常駐が最小限で済むよう、条件を加えていくことなのだろう。

会議を終えたあと、トイレで社長と二人になった。

ありがとうな、と小声でいわれた。

残る問題は、現段階で宙ぶらりんとなっているこの案件だ。正式にきまったわけではないので、まだ皆には漏らせない。すると、ぼくはぼくでゲーム作りの夢を撤回できないまま、皆も皆で、自らのためでなく会社のためと思い、長時間労働をつづけることになる。

馬鹿みたいだ。

社長の決断は、少なくともスタッフの生活を考えてのことだ。そして皆も、保身に走ることなく身を粉《こ》にして働いている。自分のために動いている人間が、一人もいない。それでいて、会社の状況は行きづまっていく。地獄への道を敷きつめるのが善意の煉瓦《れんが》であるようにだ。

いや、もういい。

あとは通常営業だ。

テレビ会議や質問にやってくるスタッフの対応、求人に応募してくれた人の面接、そしてこのままでは完成を見ないのではないかと危惧する取引先の説得——なんとか自分のデバッグに入れたのは、定時を過ぎた頃あいだった。ひどいときは二十四時を回ってからになるが、何も特別な話ではない。下請けのプレイングマネージャーが陥りがちな典型例で、もっというなら、自ら招いた道でしかない。

二十時ごろになって、ちょっとした事件があった。スタッフの一人が、バグだらけのプログラムを書いて、翌日に回せばいいものを共有サーバーにあげて退社し、それを桂が発見した。それも一度や二度のことではなかったので、桂に謝り、彼のこれまでの仕事を二人で洗った。

深夜近くなり、社内には桂とぼくの二人が残された。

やっと一段落して、コーヒーを淹れたところで、桂が唐突に訊ねた。

「この会社、大丈夫なんですか？」

思わぬ直球に即答ができず、「経営のこと？　それ以外で？」と質問に質問を返した。でも、このぼくの反応で、聡《さと》い桂は、少なくとも経営が楽ではないと察してしまったようだ。

軽く身をひいて、彼女が別の質問をした。

「あの幽霊バグ、どう思います」

「……映像出力素子《VDP》の、文書化されていない裏仕様がかかわっていると思う。それで、糸口でもつかめればと測定してるのだけど――」

「ああ、それで」

彼女がぼくのデスクに目を向けた。

デバッグ用の基板に、無数の測定用の配線がつなぎあわされ、波形測定器にかけられている。乱雑な机が自分の心をそのまま映し出しているようで、やや気恥ずかしくなった。

そして今度こそ、桂が本当に思わぬことを訊いた。

「あのバグ、本当に直しちゃうんですか」

「そりゃ――」自然と眉が持ち上がった。「もちろん直すさ。でないと納品できない」

しばらく不可解な沈黙があった。

いったんコーヒーをすすってから、桂が湿りがちに口を開いた。

「本当は、わたし、知ってるんですよ――」

その晩はひどい熱帯夜だった。

ぼくは汗まみれになりながら、できたばかりのソフトを従兄弟と二人でフロッピーディスクにコピーしているところだった。一言にコピーといっても、当時は大変だ。手持ちのコンピュータにディスクの挿しこみ口は一つしかなく、さらには記憶領域が小さいため、コピー元とコピー先のディスクを幾度も出し入れしなければならない。

そこで従兄弟が思いついた方法があった。

まずマスターとなるデータをROMカートリッジにしてしまう。あとは、カートリッジから情報を吸い出しながら、挿しっぱなしにしたディスクにデータを転送する。これなら、ディスクの出し入れは一回で済む。

ぼくはそんなこと思いつきもしなかったし、ROMカートリッジを作る方法も、そこから情報を抜き出す手段も知らなかった。従兄弟はいつも、ぼくが思いもしないことを軽々とやってのける。彼はぼくの自慢で、そしてあこがれなのだ。

一度、仮眠をとってから、同人誌や同人ゲームの即売会に出品するため、早朝の電車で晴海《はるみ》に向かった。もとは幕張《まくはり》で開催されるはずが、急遽《きゅうきょ》、会場が変更となった年だった。

ぼくらが売り出したのは、画面の回転や拡大縮小を売りにしたレースゲーム。出たばかりの〝F－ZERO〟というゲームに触発されて作ったものだ。いまとなっては信じがたいことだが、当時、コンピュータにとって画像の拡大や回転は苦手で、まして8ビットのMSXでの実現は、それなりの技術を要した。だからこそ、任天堂《にんてんどう》の売り出したあのゲームに夢中になったのだ。

肝となる回転部分のルーチンは従兄弟が組んだ。

途中、プログラムの組みかたで相談を受け、ぼくは知らず知らずに使っていた固定小数点という手法を伝え、たいしたものだと驚かれた。ぼくの功績といえばそれくらいだろうか。あとは、キャラクタの画像や走行コースといったデータ作りや、ＢＧＭが担当だった。

価格は五百円。

そのころ、ＭＳＸというコンピュータは末期にさしかかっていたが、ホビーのゲーム作りはまだ活発で、即売会の並びの席にも、やはり同じマシンのゲームを売る大学生たちが多くいた。

趣味のゲーム作りは、だいたい二種類に大別できると思う。まず、ＲＰＧのように物語を志向するもの。それから、あのときぼくらが作ったような、技術力を競うものだ。プログラミングという点では同じでも、何に意味を見出すか、そして何に夢を見るかは人によって異なる。

ぼくらという〝機械の中の幽霊〟が夢を託したのは、技術だった。

いや、こういってもいいかもしれない。技術こそが、ぼくらにとって物語だったのだと。

持って行った三十枚のディスクは、幸い完売となった。

一人、年下の小学生の女の子が買っていってくれたのが印象的だった。楽しみです――と、その子は口にした。お父さんがゲーム機を買ってくれなくて、かわりにパソコンなら将来の役に立つからと、ＭＳＸを買ってくれたものだから……。

「まさか憶えてないですよね」

悪戯《いたずら》っぽく口にしてから、桂はわずかに口角を歪めた。

「わたしはあなたたちの作るゲームが好きでした。だから、お二人が会社を興したと知って、一も二もなく面接に来た。それで、いまここにいるわけです」

従兄弟がメーカーで業務経験を積んでから、念願の自分の会社を興したのは五年前のこと。当時、技術職の三年目だったぼくもそれに乗り、そして最初のタイトルとして、〝星だけがある街〟を制作した。

ぼくは憶えているともいないとも答えられなかった。

かわりに、口を衝《つ》いて出たのはこんな文句だ。

「失望したかな」

下請けばかりでオリジナルを作らない現状に失望したか、の意だ。

「いえ！」

打ち消すように、桂が声をあげた。目に、力が戻ってきていた。

「だって、あなたたちはゲームを作りたいんでしょう？　でも、目の前のキャッシュフローが優先されるのは当然。そんななか、いまだってチャンスを待っている」

胃が軋《きし》んだ。

これでは、ますます本当のことがいえない。そして、彼女がぼくらのゲームを知っていたということは――。

「すると、もしかして、あのキャラクタたちも憶えてるの？」

「もちろんですよ！」

桂がぱっと目を見開いた。

「カーレーサーのアイザックも、ゴーストハンターの龍堂院も、あと妖精のアイダ。まだまだ、もっといえますよ――」

「ちょっと待って」

恥ずかしい。

無言で、ぼくは手のひらを桂に向けた。その様子を面白がって、桂がつづける。

「あなたたちはわたしから見て一つの夢でした。伝えるのが難しいな……なんというか、ちょうどよかったんです。技術に特化したゲームなのに、いえ、もしかしたらそうだからこそ、そこにキャラクタが息づいていた」

従兄弟だけがぼくの世界を理解してくれた、夏の日が思い出される。

あの家も、いまはもうない。その網戸越しの温かな風に、ふわりと包まれたようだった。

「記号的だから印象に残るんです。でも、それも技術の裏打ちがあってのこと。物言わぬアイザックも、龍堂院も——」

心なしか、固有名詞を口にするときだけ、桂は語調を強める。

彼女が入社した際の歓迎会を思い出した。そのとき社長が訊ねた、その手の会ではお決まりの、けれどもぼくにはけっしていえないような質問。

——SかMかでいったら、桂さんはどっち？

——断然Sですね。

「だから——」

桂が顔をあげ、まっすぐにこちらを向いた。

「子供っぽいのはわかってます。でも、それでも訊きたいんです。殺してしまうのですか。せっかく、いままた現れてくれた彼らのことを」

「そりゃ、まあ、ね……」

今回の仕事で出現した不具合——通称、幽霊バグ。

それは、予期しないタイミングで、こちらがデータさえ入れていないキャラクタが出現するというものだ。

しかもそのキャラクタたちは、かつてぼくらが作ったゲームのそれなのだった。

たとえば、カーレーサーのアイザック。それからゴーストハンターの……いや、名前はいい。当然、社長もそのことには気がついて——最初は、ぼくの悪戯だと思ったらしい。しかし、プログラムのどこにもそのような処理がないと知り、原因究明を求めてきた。ぼくが本腰を入れて他社製のチップを測定しているのは、自分の過去にかかわることだからでもある。

「直すよ」

軽く、自分の目がすがめられるのがわかった。

「そうしないと、先に進めないからね……」

いわずとも桂はわかっている。けれど、不服そうな表情が崩されることはなかった。

納期まで一ヵ月を切った。

ぼくは、本格的に夢を殺す作業にとりかかった。

ソフトウェアの不具合というのは、もちろん、根本原因がわかってそれをとり除ければ一番いい。でも実のところ、原因がわからないままでも、ものによってはやりようがある。チップを設計したメーカーからの返答もないので、ぼくは処理のタイミングを変えたり、特定の条件で画面の更新を止めるなどして、幽霊たちが人の目に触れないよう、絆創膏《ばんそうこう》でもあてるようにデバッグを進めていった。

ほめられた方法ではないが、残り時間を考えると、もうそれしかない。

最初は一進一退だった。

ある幽霊を隠すと、今度は別の場所に幽霊が現れる。けれど、ぼくは力ずくでのプログラミングを進めていった。彼らは一人ひとり……いや、一つひとつ姿を消し、またひょんなタイミングで現れたりしながらも、総体としては、徐々に数を減らしていった。

昔、手のなかで新たな宇宙が生まれてくるそのことが、ただ純粋に楽しかったいっとき。そのころ作ったキャラクタたちは、声もなく姿を消していった。

思い知らされた。

ぼくもぼくで、やはり彼らを殺したくはなかったのだ。桂にいわれるまで、そんなことにも気がつけなかった。

社長はというと、例の株式交換の話を前に進めている。

一度、酒でも呑みながら真意を訊ねてみたいが、忙しく、二人とも時間がとれない。社内から雑談の声が減った。二つ隣のデスクでは、桂が黙々とバグをつぶしている。

まだサークルや部活のような雰囲気を残していた会社が、幽霊たちを殺す作業とともに、幼年期を終え、青年期に入りつつあるように感じられた。

午前中のあるとき、会議室で採用面接をしていた社長が、不機嫌そうな顔とともに面接を終え、ぼくらのもとへやってきた。面接は基本的にぼくと社長の二人がやるが、プロジェクトが佳境に入った際は、社長一人となる。

「もっとクリエイティブな仕事がやりたいそうだ」

ため息とともに、社長がプラスチックのカップから昆布茶をすすった。

それだけでぼくらには通じる。採用を見あわせた、ということだ。

開発には確かにクリエイティブな側面がある。しかしそれは全工程の一割にも満たないし、ユーザーから見て創造的であったりイノベーティブであったりする箇所は、えてして使い回しであったりする。ほかの、どの仕事とも同じようにだ。それがわからない人間は雇用できない、ということだ。そして、社長も社長で、三十分あまりを費やしたことに苛《いら》ついている。

ぼく自身もまた、何がクリエイティブだと心中で毒づきながら、その一方で——なぜ創造性を希求してはならないのか、少なくともその欲求を口にするのが憚《はばか》られるのはなぜだろうと自問した。なぜぼくたちは、こうも、ものわかりがいいのだろう？

傍《かたわ》らのホワイトボードで、マグネットが動かされる音がした。

「お先に失礼します」

挨拶とともに、桂が楽器のケースを持ちあげた。趣味のバリトンサックスで、毎週この曜日だけは早めの時間に退社し、スクールに通っている。このドライさは桂の長所だ。お先に失礼しますと、ただその一言がいえずに終電までディスプレイを凝視するようなスタッフも、彼女の影響で減っていった。

いま、ぼくはコンピュータのディスプレイを前に——そのほうが目にいいというので、若干上に向けて傾斜をつけてある——素子のなかの小さな夢の断片を殺して回っている。そして社長はといえば、より大きな夢を。

しかし、これはどうしたことだろうか。

社内の風通しが、だんだんとよくなってきたように感じられる。隣のプロジェクトに至っては、予定より一週間も早く納品を済ませ、起業以来はじめての夏休みの取得者を出した。最初からいる人間としては反省しなければならないことだが、最高のニュースでもある。

山内《やまうち》という新卒のプログラマは、入社直後、勝手がわからず月に二百時間の残業をして、

——本当に悪いが、残業代の全額を支払えない。きみはまだ勉強中の身だ。その結果として発生した残業代のために、新や桂以上の給金を支払うことは、会社としてできない。

と、社長が苦渋の説得をしたものだったが、今日は定時に帰り、新たにできたガールフレンドと食事をするらしい。

すべての展開が予想外だった。

月々のキャッシュフローは、目に見えて余裕ができた。これが、社長の決断によるものなのか、皆の努力の成果なのか——あるいは、組織という集合体を覆う運のようなものなのかはわからない。少なくとも、経営会議で一人反対をつづけたぼくは、先が見えていなかった。

ただ、薄気味悪さもあった。あたかも、ぼくが幽霊を殺すそのプロセスが、会社の状況の変化と直結しているように感じられたからだ。

皆を集めて、恐るおそる社長の決断を伝えたぼくに対し、皆は予想以上にドライだった。

「大丈夫ですよ」

訳知り顔で請け合ったのは、かの山内くんだ。

「いずれまたチャンスは来る。そういうものですから」

人の成長が見られるのは、組織のいい点の一つだ。ほんの少し前までは、法令遵守《コンプライアンス》一つ機能しない、ブラックそのものであったとしても。少なくとも、山内はぼくを救ってくれた。法一つ守ってやれなかったという、拭いがたい罪悪感から。

おそらく、ぼくは会社のことを考えすぎ、会社の問題を自分の問題として捉えすぎていた。

けれどそれは、実は、依存であるのだ。一見すると公益的なその態度は、遅効性の毒となる。マネージャーが会社との依存関係に陥ると、十中八九、そのプロジェクトは機能しない。

やがてすべての幽霊が消えた。

仕事が納期を迎えた。

かかわった全員のために、デリバリーのピザをとり、社内でのささやかな宴《うたげ》を用意した。取引先はというと、ぼくらの仕事を認め、先方の品質管理部門との技術交換の話を進めている。ノンカロリーのコーラを手に、ぼくらは乾杯をした。

そこに桂の姿はなかった。

ぼくのような独身のエンジニアの多くは、給料をもらってもそれを使う時間がない。

学生のころにあこがれていた高額の古書なども、せっかく買えるようになったときには読む暇がない。そして金ばかりが増え、やるべきことを見失ったとき、人は狂う。

ぼくは退勤後、自宅近くの大塚《おおつか》の北口商店街で自棄《やけ》酒をあおるようになった。また、例によって身の丈にあわない店で、身の丈にあわない酒を。よく足を運ぶショットバーができた。お気に入りはシングルトンという名のウイスキーだった。〝シングルトン〟とはソフト設計の名称の一つでもあるので、技術者であるぼくにとって、なじみ深く感じられたのだ。

桂が職場から姿を消したのは、納期の二日前のこと。

その日、ぼくは製品の最終確認や今後に向けての話をするため、川越《かわごえ》の取引先へ直行し、そのまま先方の要請を受け、ソフトウェアテストの勉強会で即席の講師をやらされた。小さなバグ報告が一つあり、その場で直した。終わってみれば十八時を回っていて、社長から「直帰していいぞ」とのメールを受けたため、自宅へ戻った。

洗面所の鏡を前に、慣れないネクタイを外した。

取引先へ赴くときしか身につけないこともあり、近くの百円均一で適当に買ったものだ。身だしなみに気を使わない無精な技術者を演じることで、逆に信頼感を高める意図もあったし、高級車を乗り回す社長に対する小さな叛逆《はんぎゃく》でもあった。

部下からメールを受けたのはそのときだった。

――桂さん、辞めさせられちゃいましたよ。

なんのことだかわからなかった。優秀な桂を会社が手放すとは思えないし、そうでないにせよ、納期直前というこのタイミングがありえない。そこまで考えたところで、ふいに、諦めにも似た、黒い感情がすっと腹に落ちてきた。

ぼくがいない瞬間を狙われたのだ。

桂を気に入っているぼくがその場にいれば、ややこしいことになる。でも、辞めさせた理由は何か。第一、辞めさせるのは可能なのか。ぼくが会議室の横を通った際に漏れ聞いてしまった、コンサルタントから社長への話――。スタッフを辞めさせるには、まず、なんでもいいので勧告をしなければなりません。そして改善されないのを見てから解雇する。そうしないと、訴えられれば負けます。

桂に、勧告されるような隙はなかった。

いったい、なぜ。けれど、ぼくはそれ以上考えるのをやめてしまった。前職から数えて十年近い雇われ生活のなか、ぼくはすっかり喜怒哀楽を失っていた。

さまよい出るように、街へ戻った。

「すみません、ショットバーではないんですよ」

目の前で、間違えて入ったガールズバーの門扉《もんぴ》が閉ざされた。店の前に樽が置かれていたから間違えたのだ。ほかに知っている店は臨時休業。おとなしく家に帰って寝る気も起きず、ぼくはそのまま大塚から池袋《いけぶくろ》まで夜の街を徘徊《はいかい》した。ＪＲの線路の溜まりを見下ろしたとき、ふいに寒気がした。風邪ではなかった。寒気の正体は、ぼくがまだ何者でもなかったころ、自信といえるものが一つもないころ、日々感じていた不安や焦燥の残滓《ざんし》だった。

曲がり角の向こうで、誰かにからまれるような予感がした。

感情を殺し、夢を殺してきた人間に最後に残されたもの――それは、生物古来の防衛本能だった。そのままサンシャイン60ビルに足を向けた。ビルはほとんどのテナントが灯りを落とし、物言わずぼくを見下ろしていた。割り切ったつもりで、そして改善する社内状況に惑わされて、気がつけずにいたこと。ぼくの心は、知らず知らずに壊れかかっていたのだった。

やがて重役出勤が増えた。

アラームを止めてから、そのまま動けなくなってしまう症状に見舞われた結果だった。幸い、会社は誰かが欠けても補いあえる状況にまでなっていた。けれど、当然いい顔はされない。次第に、腫《は》れものを扱うような態度を皆がとるようになってきた。

桂が辞めさせられた理由は、思わぬ経路から耳に入ってきた。

事務方の須永《すなが》さんという女性が、あくまで噂ですよと念を押してから、ぼくに伝えたのだ。

製品に、イースターエッグを忍ばせていたのだという。イースターエッグの本来の意味は、復活祭に用いる飾りつけの卵。これが転じて、ソフトウェアの隠し要素を指すようになった。たとえば、初代の〝ファイナルファンタジー〟にはおまけの十五パズルが隠されている。これなどは、有名な例の一つだ。

桂が忍ばせたというのは、特定の条件下で、ぼくが封じた幽霊たちが顔を出すというものらしかった。自社製品ならば、遊び心として許容できる。でも、今回は下請け、ましてや博奕《ばくち》にかかわるソフトでもある。話が本当なら、それは背任ともいえる行為だった。

だとしても、なぜプロジェクトマネージャーの自分が知らないままなのか。

幾度か桂に連絡を試みたが、相手は電話に出ず、やがて〝番号は使われておりません〟のアナウンスが流れるようになった。あのホワイトボードには、いつかの動物の耳のついたマグネットがそのまま残されていた。

結局、何もわからないに等しかった。

そのイースターエッグとやらも知らない。納品されたのは、余計な挙動をしない製品だ。ぼくは不思議と取引先で気に入られ、社長を通じて常駐を求められたが、これには抵抗した。

「それでしたら辞めますよ」

ぼくはやり返し、そしてまた、仕事が終われば自棄酒をあおった。法事で久しぶりに会った祖母は、ぼくを一目見るなり、大人の顔になっちゃったね——と、やや残念そうに口にした。

瞬発的な計算力が落ち、小さなデバッグに時間をとられるようになった。

二割八割の法則——気がついてみれば、ぼくはその八割の側に落ちていた。重役出勤による周囲への悪影響もある、ぼくはマネージャーから一プログラマに降格してくれと社長に頼み、しりぞけられた。かわりに、思わぬことをいわれた。

「いいショットバーがあるそうじゃないか。今晩、つきあってくれよ」

このごろのぼくの様子を見かねて、檄の一つでも飛ばされるのかと思った。ぼくはぼくで、直接に訊ねてみたいことが山とある。

けれど、そのどちらにもならなかった。

バーのカウンターについた社長がまずとり出したのは、いまはすっかり見なくなった、３・５インチのフロッピーディスクだった。ラベルに、子供の字で〝HIDDEN FANTASY〟と書かれている。この面映ゆい題名は、ぼくが子供のころ作っていた大作ＲＰＧのなりそこね、作りかけたまま放置されたゲームだった。

どうして持っているのかと訊ねると、デスクの引き出しに入れてあるのだという。

「……当時、おまえは俺の技術にあこがれていたよな。でも、実務経験を積んだいまならわかるだろう。俺のやっていたことは、すでに誰かが実現していて、知ってさえいれば手を動かすだけで作れるものだった。対して、おまえのプログラムはすべてが一から手作りで、不恰好で、常に未完成で……それなのに、いつも、まだここにない世界が迫り来る予感をはらんでいた」

この話を聞いて、最初によぎったのは疑いだった。

つまり、本当はこんなフロッピーなど机に入れてはおらず、たらしのテクニックとして――病欠中の人間を呼び出して、労《ねぎら》うでもなく突然にスケジュール表を叩きつけるように――実家から探し出し、いまこのタイミングで持ち出したのではないかと。

じっと社長の目を覗きこんだ。

そこに嘘はなかった。少なくとも、ぼくにはそう思えた。目は凪《な》いでおり、ブラフをかけている人間の、瞳孔《どうこう》の開きかたではなかった。

ぼくはすっかり毒気を抜かれてしまい、気恥ずかしさもあって、別の話題へ逃げた。

「山内くんも、すっかり使えるようになってきたね」

こういう場面では、ぼくらは昔のように敬語を使わなくなる。それよりも、口にしてから、自分の語彙《ごい》の選択に嫌気がさした。

軽く、社長が顎《あご》の先を動かすように頷いた。

「技術的にはまだだけどな。でも、明るさがある。マネージャーに向いてるかもしれない」

いま、山内はチームリーダーとしてプロジェクトの一つをひっぱっている。確かに、社長がいうように技術力には不安がある。それでも、気がつけば不可欠な人材になっていた。

人間界のことはわからない。

このとき、かねてからの疑問が頭をよぎった。

「……なんで彼を採用したの？　こうなることを見越していた？」

「まさか」

やや自嘲するように、社長が笑った。

「でも、あいつにチャンスをやりたかった。ソフトが好きなのは面接でわかったからな。それに、技術部門全体については、おまえさえいてくれれば、なんとかなると思った」

また、まじまじと社長の目を見てしまう。

「それで……」と、結局この話題は避けられない。「桂さんは、どうして？」

「話すべきかどうか、だいぶ迷ったんだがな。ただ、このごろの様子を見て……おまえは、真実を知りたがるタイプだというのがよくわかった」

前置きをして、社長が手元でフォークを回した。

そういえば、ぼくも社長も、小さいころはよく手遊びを注意されたものだった。

「彼女は、ずっと怖がっていたんだよ。……おまえのことをな」

「へ？」

間抜けな声を出してしまった。

──長時間労働や、社長の無茶振りから守ってやりたいと思った。

──必要な人材だからこそ、彼女が辞めるような職場環境にしたくなかった。

少なくとも、怖がられるはずなどない。そう自惚《うぬぼ》れていた。

「どうして……」

「何を考えているかわからない──だそうだ。おまえは、なんというか……飄々《ひょうひょう》として、喜怒哀楽を表に出さないからな。そして、プロジェクトの管理はできても、並以下の人間にものを教えることはできない」

思いあたるふしがあり、唇を噛んだ。話はつづいた。

「で、よく相談を受けていたのさ。おまえから技術を盗めといったりもしたな。だから、今回の一件は、いってしまえば俺の采配ミスだ」

「待って──」

彼女は、辞めさせられたのではなかったのか。

「辞表を出されたんだよ」

社長がそっとグラスを傾けた。

「イースターエッグ云々《うんぬん》は、例の幽霊バグの一つだ。おまえが出張から戻らないから、俺が直しておいた。その話に尾ひれがついたんだろうな」

「それで……」

「それだけさ。ただ、辞められてほっとしたのも確かかもな。彼女は、昔の俺たちをいまの俺たちに投影して、夢を見て、対価を度外視して頑張り抜いていた。でも、俺は俗物だからな。金以外のために動く人間の心はわからないし、怖く思うこともある」

今度こそ、本当に何もいえなかった。

海老のアヒージョについてきた紙ナプキンを手に取り、懐《ふところ》のボールペンで図を描きはじめた。オブジェクト図と呼ばれるもので、ソフトの設計に使うものだ。ただ、今回はソフトではなく、対象はオブジェクトでなく人間だ。何もこんなときにと思うが、職業病だから仕方がない。

――まず、ぼくは最初、社長のことを理解できない怪物のようなもの、もっとはっきりいってしまうなら、人でなしだと思っていた。

ところが、その社長は誰よりもぼくを信頼してくれていた。

問題は桂だ。ぼくは彼女こそを信頼していた。そして彼女はといえば、ぼくが社長に対して感じていたのと同じように、ぼくのなかに一個の怪物を見ていた。

その桂が信頼を寄せていたのが社長。ところが、社長は桂を怖れていたふしがある。

視点を変えるならば——全員が、化け物であると同時に、これ以上なく人間でもあった。

「まいったね」と、結局それだけが口を衝いて出た。

「ああ」

社長がぼくを真似て頼んだシングルトンを口に含ませ——それから、小さく唇を尖らせた。

社長の話は、一応はなんらかの救いをぼくにもたらしたように思えた。

少なくとも一つの憑《つ》きものが落ちたことは確かだった。けれど、酒に溺《おぼ》れたり、どこへ行くあてもなく深夜の街を徘徊する癖は治らなかった。ソフトはデバッグができる。でも、人間のデバッグは――無理とまではいわないものの、限りなく難しい。

会社のためと思ってやったことや、スタッフのためを思った行動。

そのどちらもが、一人よがりだった。

職場に依存する人間は、一度このような折れかたをすると、元に戻すのが難しい。ぼくは、もっと自由にふるまわなければならなかったのだ。加えて、ぼくは幽霊バグを直していくプロセスのなか、自らの、機械の中の幽霊をも殺してしまっていた。

いや、逆だ。

幽霊の正体。それは、まさにぼくという人間の〝機械の中の幽霊〟だったのではないか。少なくとも、いまぼくは空っぽの状態にあった。自分が、人の形をしているにすぎない別の何かに思えた。酔った勢いで、ＳＮＳのアカウントの類《たぐ》いも、すべて消してしまった。

そんな折のことだ。

また、学生時代の仲間たちから飲み会の誘いが来た。今度は、ぼくが店をきめる番だという。心配して、なんでもいいからと役割をくれたのだろう。ぼくらは金曜の夜に集まり――また、山岸を除く全員が学生気分の抜けきらない恰好で、そして全員が眼鏡だった。珍しく顔を出しにきた、出版社勤めのサブカル女子も含めて。

選んだのは〈だるま〉という居酒屋だ。

皆の職場からのアクセスもよく、高すぎず、評判がいい。背伸びしてブランド品のように日本酒を呑むのではなく、昔のように集まれる居酒屋をと考えもした。ところが、時間が早いために油断していた。あいにく満席となっており、少し待ったところで、あとから入ってきた二人組が先に案内された。

折悪《おりあ》しく、その日のぼくは気が立っていた。

降格を願っていたのに、ぼくに与えられた椅子は常務取締役だった。普通なら、喜ぶべきことなのかもしれない。でも、ぼくは技術しかわからないし、先日の出来事でも明らかになったように、人の心となると、もうからきしだ。

「ふざけるな」——と、口を衝いて出てしまった。

本当は、それをいうべき相手は店ではなく、別の何物か——おそらくは会社でもない。自分自身だ。友人たちはすっかり面食らい、目配せしあったのち、「食べログに苦情を書いてやるからな」などと調子をあわせ、それから慌ててぼくを店からひき離した。他人事のように思った。

自らの幽霊を殺し、化け物になってしまう人間はいる。

化け物であることにつきあってくれる人間も、またいる。

作者の言葉　宮内悠介

だいたい二年前のことでしょうか。

私はちょうど海外取材をしておりまして、ウズベキスタン領内の沙漠を西へ突っ走り、カラカルパクスタン自治共和国のヌクスという街におりました。ところが祭の日と重なってしまい、どの宿も部屋がなく、結局、宿のレストランに併設された遊牧民風のテントに泊めてもらうこととなりました。まもなくレストランにはツアーの団体客がわらわらと訪れ、民族音楽の演奏がはじまり、これは大変なことになったと思いつつ、とりあえず現代人の性《さが》でメールチェックをしたのでした。まさにこのときです。講談社の編集のかたから、今回のアンソロジーの打診と、宮部さんの原稿が添付されてきたのでした。日本語に飢えはじめたころに読んだ宮部さんの原稿は格別で（しかも謎の状況下）、自分で大丈夫だろうかと不安を抱きつつも、帰国して身体が空いたときにと、お受けした次第でした。

それがまさか辻村さん、薬丸さん、東山さんと豪華につづき、こともあろうに締めが自分になるとは……。しかしこれが事前にわかっていれば、蚤《のみ》の心臓の私は逃げ出しかねず、このあたりにもエヌ氏の手腕が窺えます。

記念写真はどちらかというと、いるはずの人がいなかったり、ことによると半透明になったりしないか心配であったりします。その場合、星の巡り的に私がそうなる気がしてならず、腰が引けつつも、とても楽しみです。

著者略歴

宮部みゆき（みやべ・みゆき）　1960年東京都生まれ。87年「我らが隣人の犯罪」で第26回オール讀物推理小説新人賞を受賞しデビュー。92年『龍は眠る』で第45回日本推理作家協会賞〈長編部門〉、同年『本所深川ふしぎ草紙』で第13回吉川英治文学新人賞、93年『火車』で第6回山本周五郎賞、97年『蒲生邸事件』で第18回日本SF大賞、99年『理由』で第120回直木三十五賞、2001年『模倣犯』で第55回毎日出版文化賞特別賞、第5回司馬遼太郎賞、02年第52回芸術選奨文部科学大臣賞をそれぞれ受賞。07年『名もなき毒』で第41回吉川英治文学賞、08年英訳版『BRAVE STORY』でThe Batchelder Awardを受賞。近著に『昨日がなければ明日もない』『さよならの儀式』など。

辻村深月（つじむら・みづき）　1980年山梨県生まれ。2004年『冷たい校舎の時は止まる』で第31回メフィスト賞を受賞しデビュー。11年『ツナグ』で第32回吉川英治文学新人賞、12年『鍵のない夢を見る』で第147回直木三十五賞、18年『かがみの孤城』で第15回本屋大賞を受賞。近著に『小説「映画ドラえもん のび太の月面探査記」』『傲慢と善良』『ツナグ 想い人の心得』など。

薬丸岳（やくまる・がく）

1969年兵庫県生まれ。2005年『天使のナイフ』で第51回江戸川乱歩賞を受賞しデビュー。16年『Aではない君と』で第37回吉川英治文学新人賞。17年「黄昏」で第70回日本推理作家協会賞〈短編部門〉を受賞。近著に『ラストナイト』『ガーディアン』『刑事の怒り』など。

東山彰良（ひがしやま・あきら）

1968年台湾生まれ。2002年「タード・オン・ザ・ラン」で第1回「このミステリーがすごい！」大賞銀賞・読者賞を受賞。03年同作を改題した『逃亡作法　TURD ON THE RUN』でデビュー。09年『路傍』で第11回大藪春彦賞、15年『流』で第153回直木三十五賞、16年『罪の終わり』で第11回中央公論文芸賞、17年『僕が殺した人と僕を殺した人』で第34回織田作之助賞、18年第69回読売文学賞、第3回渡辺淳一文学賞をそれぞれ受賞。近著に『女の子のことばかり考えていたら、1年が経っていた。』『越境』など。

宮内悠介（みやうち・ゆうすけ）

1979年東京都生まれ。2010年「盤上の夜」で第1回創元SF短編賞山田正紀賞を受賞しデビュー。12年同名の作品集で第33回日本SF大賞を受賞。13年第6回（池田晶子記念）わたくし、つまりNobody賞を受賞。14年『ヨハネスブルグの天使たち』で第34回日本SF大賞特別賞、17年『彼女がエスパーだったころ』で第38回吉川英治文学新人賞、『カブールの園』で第30回三島由紀夫賞、18年『あとは野となれ大和撫子』で第49回星雲賞〈日本長編部門〉を受賞。近著に『超動く家にて』『偶然の聖地』『遠い他国でひょんと死ぬるや』など。

本書は二〇一七年六月、小社より単行本として刊行されました。

宮辻薬東宮《みやつじやくとうぐう》

宮部《みやべ》みゆき、辻村深月《つじむらみづき》、
薬丸岳《やくまるがく》、東山彰良《ひがしやまあきら》、宮内悠介《みやうちゆうすけ》

講談社文庫

定価はカバーに
表示してあります

2019年11月14日第1刷発行

発行者——渡瀬昌彦
発行所——株式会社 講談社
東京都文京区音羽2-12-21 〒112-8001
電話 出版 (03) 5395-3510
販売 (03) 5395-5817
業務 (03) 5395-3615

Printed in Japan

デザイン—菊地信義
本文データ制作—講談社デジタル製作
印刷———中央精版印刷株式会社
製本———中央精版印刷株式会社

ISBN978-4-06-517416-6

講談社文庫刊行の辞

二十一世紀の到来を目睫に望みながら、われわれはいま、人類史上かつて例を見ない巨大な転換期をむかえようとしている。

世界も、日本も、激動の予兆に対する期待とおののきを内に蔵して、未知の時代に歩み入ろうとしている。このときにあたり、創業の人野間清治の「ナショナル・エデュケイター」への志を現代に甦らせようと意図して、われわれはここに古今の文芸作品はいうまでもなく、ひろく人文・社会・自然の諸科学から東西の名著を網羅する、新しい綜合文庫の発刊を決意した。

激動の転換期はまた断絶の時代である。われわれは戦後二十五年間の出版文化のありかたへの深い反省をこめて、この断絶の時代にあえて人間的な持続を求めようとする。いたずらに浮薄な商業主義のあだ花を追い求めることなく、長期にわたって良書に生命をあたえようとつとめるところにしか、今後の出版文化の真の繁栄はあり得ないと信じるからである。

同時にわれわれはこの綜合文庫の刊行を通じて、人文・社会・自然の諸科学が、結局人間の学にほかならないことを立証しようと願っている。かつて知識とは、「汝自身を知る」ことにつきていた。現代社会の瑣末な情報の氾濫のなかから、力強い知識の源泉を掘り起し、技術文明のただなかに、生きた人間の姿を復活させること。それこそわれわれの切なる希求である。

われわれは権威に盲従せず、俗流に媚びることなく、渾然一体となって日本の「草の根」をかたちづくる若く新しい世代の人々に、心をこめてこの新しい綜合文庫をおくり届けたい。それは知識の泉であるとともに感受性のふるさとであり、もっとも有機的に組織され、社会に開かれた万人のための大学をめざしている。大方の支援と協力を衷心より切望してやまない。

一九七一年七月

野間省一